La tournée d'automne

Jacques Poulin

秋季环游

〔加〕雅克·普兰 著

朱石花 译

南京大学出版社

La tournée d'automne
© 1993 Leméac Éditeur (Montréal, Canada)
Simplified Chinese translation copyright © 2018 by NJUP
Current Chinese translation rights arranged through Divas International, Paris
巴黎迪法国际版权代理（www.divas-book.com）

江苏省版权局著作权合同登记　图字：10-2016-346 号

图书在版编目(CIP)数据

秋季环游 /（加）雅克·普兰著；朱石花译. —南京：南京大学出版社，2018.5（2025.5 重印）
ISBN 978-7-305-19985-1

Ⅰ.①秋… Ⅱ.①雅… ②朱… Ⅲ.①长篇小说—加拿大—现代 Ⅳ.①I711.45

中国版本图书馆 CIP 数据核字(2018)第 047024 号

出版发行　南京大学出版社
社　　址　南京市汉口路 22 号　　邮　编　210093
　　　　　QIUJI HUANYOU
书　　名　秋季环游
著　　者　[加]雅克·普兰
译　　者　朱石花
责任编辑　顾舜若
照　　排　南京紫藤制版印务中心
印　　刷　江苏苏中印刷有限公司
开　　本　787×1092　1/32　印张 6.875　字数 99 千
版　　次　2018 年 5 月第 1 版　2025 年 5 月第 4 次印刷
ISBN 978-7-305-19985-1
定　　价　39.00 元

网　　址　http://www.njupco.com
官方微博　http://weibo.com/njupco
官方微信　njupress
销售咨询　025-83594756

* 版权所有，侵权必究
* 凡购买南大版图书，如有印装质量问题，请与所购图书销售部门联系调换为书籍感谢上帝的恩典。为所有书籍。

——欧内斯特·海明威

目 录

一　铜管乐队　　　　　　　　001

二　黑本子　　　　　　　　　006

三　杂技演员　　　　　　　　009

四　躺椅上的作家　　　　　　014

五　一架旧木梯　　　　　　　021

六　溪流和小兔　　　　　　　031

七　沉睡岛　　　　　　　　　037

八　第一次　　　　　　　　　047

九　榛子岛的猫　　　　　　　056

十	美妙的死亡	066
十一	拉玛尔贝的一家好咖啡馆	074
十二	香芹港	084
十三	书的光辉	099
十四	费尼莫尔·库柏的不朽名作	107
十五	圣灵河镇的女人们	119
十六	马里奥特纳姆	129
十七	星星的尘土	134
十八	雷鸣河镇	145
十九	道路尽头	153
二十	告别乐队	161
二十一	鲸鱼的肚子	167
二十二	侧座上的狗	179
二十三	北方塘鹅	188
二十四	米瓜莎的化石	198
二十五	奥尔良岛的桥	206

一

铜管乐队

他打开窗户聆听乐声。这是一首由铜管乐器和鼓乐器组成的乐队演奏的乐曲。他俯身朝外探去,原来音乐是从达弗林平台另一头传来的。天气晴朗,他决定去看看。他从五楼下去了。

他从远处就看到弗龙特纳克城堡①前聚集着一群人。他走近并融入人群。乐队里除了为数不多的几个乐师,还

---

① 弗龙特纳克城堡,也被称为"古堡大酒店",是魁北克市的标志性建筑。城堡的所在地原是17世纪的圣路易斯城堡,也是法国总督的官邸和当地行政军事中心,后来城堡毁于战火。1893年开工重建为世界级的豪华酒店。为了纪念驻守魁北克的法国总督弗龙特纳克伯爵,酒店以他的名字命名。

有耍杂技的、小丑、一位歌手和一条黑狗。

歌手正唱到一首歌的结尾。他情不自禁地笑了：她唱的是《蓝色的爪哇舞》。观众们唱起结尾的叠句。掌声响起来，歌手穿着缀有亮片的绿色长裙，滑稽地欠身鞠躬。然后乐师们整理好乐器，前去倚在平台的护栏上。他也走到他们旁边想听听他们说什么。

他们是受夏季狂欢节之邀从法国来的。这是他们第一次来魁北克。他们应该来了有些日子了，因为他们好像对这处港湾很熟悉了。港湾从他们面前铺陈开去，能看到河对面的南岸①、左侧的博波尔海滨②和大河环抱的奥尔良岛，还有远处地平线上的夏洛瓦群山。他们面对着辽阔无垠的景色，赞美之情溢于言表。

眼角扫过之处，他注意到右边有个人，倚靠在护栏上，是个女人。她穿着白色 T 恤和一条既不太深也不太浅的蓝色牛仔裤，恰是他喜欢的那种样子。

---

① 圣劳伦斯河流域将魁北克省分为南北两岸。北岸位于魁北克省最东部，包括了圣劳伦斯河北岸大部分地区。北岸地区是魁北克省第四大行政区。此处南岸是指从魁北克老城望去圣劳伦斯河对面的景象。
② 博波尔海滨与魁北克老城同在北岸，是圣劳伦斯河朝向西北方向的一处海湾。

她转向他。

"景色真美!"她热情地说。她的嗓音略带嘶哑。

"确实是。"他说。

"我原以为罗纳河①是一条大河,但是这里广阔多了。"

"您住在罗纳河谷吗?"

"很近。在图尔农②小城的旁边。您知道那里吗?"

他点头称是。女人靠近了些。她有着灰色的卷发,脸颊如凯瑟琳·赫本③一样瘦削。这是一张美丽的脸庞,集温柔和力量为一体。

"您和乐队是一起的吗?"他问。

"是的,"她说,"但我不是乐师。我管合约签订、预订事务和所有的物资细节。我有点儿……"

"有点儿……像所有人的妈妈?"

她朝他温柔地笑了。

---

① 罗纳河是欧洲主要河流之一,法国五大河流之首,由日内瓦湖流入法国,经阿尔卑斯区域流入地中海,是地中海流域尼罗河之后第二大河。
② 图尔农是法国奥弗涅—罗纳—阿尔卑斯大区的一个市镇,位于罗纳河畔。
③ 凯瑟琳·赫本(Katharine Hepburn, 1907—2003),美国影视演员,四次获奥斯卡最佳女主角奖。1981年,赫本同方达父女合演了《金色池塘》,这部电影使她和简·方达同时获奥斯卡奖。

"您喜欢猫吗?"他唐突地问道。但是马上,好像他后悔提了这个问题一样,做了个手势表示让她不必在意。他盯着她想看清她是否脸色有变,但是没有,她继续微笑着。

"我叫玛丽。"她说。

他咳了几声,清了清嗓子。

"我啊,人们都叫我'司机'。我有辆带书的卡车……流动图书车。我的工作就是借书给人家。"

"那您要巡回咯?"

"是的。我要到魁北克和北岸之间的那些小村镇去。这是很大的区域……我春季巡回一次,夏季一次,秋季一次。"

最后一个词他几乎难以发出音来,而且他的脸色黯淡了下来。女人更仔细地看着他。他转过头去看雾茫茫的地平线。他们都静静地,彼此挨着;他俩身量相同,灰色的头发也一样。

乐队的人离开护栏,把他们的东西拾掇起来。

"我得走了,"玛丽说,"今晚还有一场演出,您来吗?"

"好……刚才我来得太晚了:都到演出结尾了。"

"我知道,我看见您的。"

"啊,是吗?"

她没有回答。她有一双灰蓝色的眼睛,眼神略带冷峭。

"九点,"她说,"离这里很近,那个小广场叫……"

"兵器广场?"

"对。那里有树,我们可以绷杂技演员的绳子。杂技演员叫斯利姆。夜晚真的很美。"

她离开他去和其他人会合了。

邮局的大钟显示五点钟。他朝家的方向走了几步,又回转过来,乐队已经不在那里了。他在平台的大凉亭里买了个冰淇淋。

二

黑本子

他没有回公寓去,为了消磨时光,他朝达弗林平台街的一头走去,走进一条狭窄的土路,那里停着那辆流动图书车。

这是一辆两吨重的福特小卡车。车子已经行驶不少里程,有点老了,但是一般人也看不出它有多少个年头。板岩灰的车身呈弧形,配上窗帘和侧面漆成白色的字"流动图书车",显出一种骄傲的气度。

他打开一扇后门,降下脚踏板,上到车里……这么些年来,魔法依旧有效:只要门一关,人就进入另一个世界,一个寂静而给人慰藉的世界。其中弥漫着书的热度、书的

二 黑本子

秘密香气以及时而鲜又活、时而甜如蜜的缤纷色彩。

"司机"是为文化部工作的,文化部给他提供这些书。但车是他自己所有的。这原本是一辆送奶车,是他在父亲的帮助之下改装而成的。因为空间有限,他父亲想出了一个主意,给书架安上轨道,这样就可以让书架一个接一个地滑过来。书架微微向后倾斜,还配备了锁紧装置。这些书架后面有个厨房角,还有一张桌子和一张折叠床:这辆流动图书车是按照野营标准来装配的。

他拉开遮着驾驶室入口的窗帘。

除了地板上的沙子和挡风玻璃上猫留下来的爪印,一切正常。他打开汽车手套箱,取出黑本子回到图书室,坐在角落的地上。目前他书架上还缺很多书,但是不要紧:书在文化部里,在装订车间呢,人家向他保证,说等到一周以后夏季巡回开始的时候书会全部准备好。

还有个要解决的问题:新书。部里已经送来二十多本,都在楼上公寓里放着。那些书他都读完了。他该把它们放哪里呢?……他很反感把旧书的位置让给它们的这种想法。旧书哪怕从这儿到那儿只被借过一回,在他眼里和新出的书都是一样重要的。而且不应忘记的是,不管新旧,书都是手手相传,才构成了读者网络。

兴致一来,他翻开黑本子浏览了一下各处网络。现在他曾经停留的所有区域都有了读者网络;而且网络常常扩展到好多个村庄。本子里的每个网络都用图表表示出来,周围写上读者姓名,网络之间用线连起来。这有点像化学书上的原子官能团。

天气又热又湿。他看了看时间决定睡个午觉。把书架沿着轨道滑过去以后,他铺开床躺了上去,脑袋枕着黑本子,手垫在脑后。他的额头和嘴巴周围都有皱纹,眼周围有黑眼圈,嘴上挂着一丝微笑。

三

杂技演员

"司机"一边爬楼梯一边脱衣服。到五楼的时候上身脱得精光,手里抓着一只鞋,这时碰到了同层的女邻居,她惊愕地看了他一眼。他上气不接下气地跟她说了晚上好,进了家门,把衣服随意扔在三居室的地上。午觉睡得太久了,他要迟到了。而且,他还很饿。

他用锅烧水,准备做面条,然后冲到莲蓬头下洗澡。过了一会儿他从浴室出来,头发上淌着泡沫,往开了的水里扔进一把意大利面。他看了一下时间然后又去洗澡。冲洗完头发又一次出来看看煮面的水有没有溢出来。锅倒没溢,他匆匆向锅里加了一块榛子大小的黄油。他又回到浴室去擦身子。

他都没来得及穿衣服,面已经煮好了,所以他穿着短裤,站在炉子旁边吃面条,一只手持叉,另一只手握吹风机。然后穿上干净衣服,刷了牙。手表指向九点十分,他大跨步跃下梯级赶去兵器广场。

演出已经开始了。

乐队的人穿着白底蓝条纹衬衣聚在喷泉前,很多人把他们围了起来。大伙儿的眼睛都盯着一男一女,他们带着黑狗在表演小把戏呢。"司机"没看见玛丽,他试图在观众里辟开一条路,但是他们的行列都太满当了。他决定绕小广场走一圈。看到有个地方人没有那么稠密的时候,他溜进人群,斜着身子迂回向前,最后到了最靠近乐队的地方。

忽然他看到了玛丽。她在第一排观众中间,距他不过几米……因为他位置较偏,玛丽是看不见他的。她脸上映射着人群的群情激昂,比下午时更美丽。

她点头示意,于是杂耍班上台了。他们一起四个人。伴着鼓声,他们有人抛球,有人玩小木棍,然后两人互换,再四人互换。他们可能不是世界上最棒的杂耍演员,但显然他们看起来就像孩子在玩耍一样自在,如果犯了小错他们就自嘲一把。有时候他们看看玛丽,好像他们既为玛丽也为大家表演一样。

他们停下来时,掌声雷动,该歌手上前了。她名叫美乐蒂①。她在乐师的伴奏下唱起一支老歌,《我的伙伴是吉卜赛人》。"司机"对这首歌很熟悉,于是低声哼唱歌词:

我的伙伴是吉卜赛人,小伙子稀奇又古怪
一张大嘴黑洞洞,格子衬衫蓝莹莹

当她以纯净而激昂的歌喉唱着这首曲子的时候,杂技演员斯利姆已经在一棵树和一根铁桩之间把钢丝绳给系好了。此刻他正坐在草地上,一动不动,心不在焉。他的穿着与众不同:身披一件刺绣外套,围着头巾,极具波西米亚人的风情。

玛丽示意之后,隆隆的鼓声响起,斯利姆毫不费力地登上钢丝绳。观众们鸦雀无声。杂技演员直视前方从这头走

---

① 美乐蒂(Mélodie),法语意为"旋律、乐曲",与歌手身份很贴切。

到那头,回程时他停在半中腰,单膝跪倒,表演飞刀杂耍。

这时平台和兵器广场上的路灯都亮了,一切都变得不真实而美妙绝伦。杂耍演员们点燃火把将它们扔给站在绳上的斯利姆,他把火把抛向空中往复回旋,形成一圈圈光灿灿的圆环,在越来越暗沉的天穹中显得分外突出。火光的尾迹时不时地照亮玛丽的脸庞。

演出结束的时候,"司机"排在人群队伍之中等着给玛丽放在喷泉前地面上的一顶大礼帽里投一点零钱。轮到他时,他往帽子里放了一美元,但是她没看见他:她正和斯利姆聊得热火朝天呢。他轻咳几声想吸引她的注意,但是她没听见,于是他没跟她说话就走了。

他低着头直向公寓走去,广场一圈的路灯都被轻雾笼罩着。突然一阵突如其来的冲动促使他转了个身。他跑回兵器广场,玛丽还在那里。她在帮斯利姆整理器具。听到走道上传来的脚步声,她便抬眼望去。他急速走近,抓着她的双肩,向她背诵似的说出了他脑子里准备好的句子:"对你们的激情、梦想和友谊致以无尽的谢意。"然后他亲吻了她的双颊。

他没有再转身,心怦怦跳着回家了。无论如何他还是有机会看到了玛丽的笑容,一种透着亲密的笑容。这一景象在他脑中盘旋着,直到达弗林平台街上的大楼,直到五楼的小寓所,直到床上凹陷的地方。

四

躺椅上的作家

"司机"尽心尽责,把文化部从春季巡回时起就给他送到的那些书全都读完了。最近收到的书里面有一本是他的朋友杰克写的。他怀着极大的乐趣读了这本书,这是一本好书,而且在读最后几章的时候,他有意放慢了阅读速度,想让他不得不和书里边的人物道别的时刻来得晚一点。

但是这本他从早晨就开始看的书是一本非常严肃的关于夫妻之间交流的书。他开始觉得异常厌倦而且眼前的字母都变模糊了。他决定去看看他的作家朋友好散散心。杰克看待书的方式是别具一格的。

开车之前,他先弯腰看了看有没有猫藏在车底下。没有猫,但他从来都不会忘记去检视一下,因为图书车好像从一开始就有一种轻微的奶味,只有猫能闻出来。

开上圣吉纳维芙大街,他向左拐入格兰德路。再开了片刻之后走圣路易路一直开到卢日海角:就在这儿,面向河流的一片峭壁之上,住着杰克和他的妻子瑞秋,他们的房子差不多和小木屋一般大小。那辆老旧的大众汽车锈迹斑斑,破破烂烂,停靠在房子旁边。"司机"把图书车停在大众汽车后面,然后走到了花园里靠近凉亭的地方。

杰克穿着网球短裤,躺在一把折叠帆布椅上,一臂之遥的地方竖着一把太阳伞,底下的金属桌子上放着一杯啤酒。看到"司机"来了,杰克没有表现出任何讶异,因为他常常不约而至。被别人发现自己无所事事,杰克也不以为忤,因为他特别赞同菲利普·迪昂①那句格言:"不应忘记这一点:睡在躺椅上的作家首先也是一个劳作的普通人而已。"

说实话,杰克根本就不工作。一如往常,一旦他刚刚

---

① 菲利普·迪昂(Philippe Djian,1949—),生于巴黎,特立独行的法国作家。代表作是《三十七度二》。

出版了一本小说，他就没法开始写新书，因为他还没开始厌恶自己已经出版的那本书。

靠近以后，"司机"看见周末的所有报纸都散落在作家躺椅周围，作家则郁郁寡欢。大概有半打的空易拉罐与报纸混作一团。杰克费力地从躺椅上起身和他握手。

"你好吗？"他说，"我和瑞秋以为你已经出发进行夏季巡回了。"

"没有，下周开始，""司机"说，"你呢？过得好吗？"

"算是比较糟糕了！你看到评论没有？评论一片赞赏！你觉得在这种情况下，我怎么能讨厌自己的书呢？我从哪里才能激发欲望，把我所擅长的东西展示给大家呢？……简直就是灾难嘛！"

"你说得太过了！""司机"说。

"你为什么这么说？……你看到负面评价了吗？一些批评之词？"

"我几乎可以肯定。"

"真的吗？……给我看看呀！"

"在《义务报》里。"

他们两个人在报纸堆中翻找，在啤酒易拉罐上踉踉跄趔差点摔倒,最后"司机"终于找到了《义务报》的文学版。他大声地朗读杰克那本书的书评前几行:"专栏作家说,从这本书到另一本书,我们看到的是有着同样性格的同样人物。"

"明白了吧?""司机"说。

"没有,我一点都没明白。"

"就是这么个意思啊!……就是说你开始重复相同的东西了。说你没法推陈出新。"

杰克的脸上神采奕奕。"呃……正是如此!"他说,"你说得完全对……我得去告诉瑞秋!"

他急匆匆地一边喊着妻子一边奔向屋子。两分钟以后,"司机"看到他无比气恼地回来了。

他说:"她不在家。我忘了:她去鲸鱼码头①了。"

杰克是个奇怪的人。写作在他的生活中占有庞大的分量,所以现实生活中的某些方面他都忽略掉了。所以,他妻子出行了他竟然没有马上意识到。为了提醒他,她在各处都留了条子:厨房桌子上、冰箱里、药橱的镜子上、小

---

① 鲸鱼码头位于加拿大东北部哈德森湾旁边,居民多为因纽特人,现名为库朱瓦拉皮克。

罗贝尔法语词典①里都有。她是律师,同时也是印第安问题的专家,所以她得经常坐飞机去哈德森湾②沿岸一带保护克里米亚人③或者因纽特人④的权益。魁北克水力发电公司在那里建设了河坝,因纽特人的土地可能会被淹没。

这次她要去鲸鱼码头待三天,住在用云杉木树枝围成的落地圆锥帐篷里。

"我该怎么办?"杰克抱怨道。没有她,他便茫然失措:他忘记吃饭,病恹恹,觉得自己得了绝症。

"你忘了《义务报》的文章,""司机"说,"现在你可以工作了。"

"对呀。真是感激不尽!"

"没什么。喏,我觉得有个东西你可能用得上……"

"什么东西?"

---

① 小罗贝尔法语词典是广受欢迎的日常用法语辞书,由保罗·罗贝尔于1967年首次出版。
② 哈德森湾位于加拿大东北部、北冰洋的边缘,伸入北美洲大陆。
③ 克里米亚人,也称鞑靼人或克里米亚塔尔人,是原定居于克里米亚半岛的突厥语民族。
④ 因纽特人,也称爱斯基摩人,在爱斯基摩语中意为"真正的人""土地上的主人",属于黄种人,是万年以前从亚洲通过白令海峡的冰桥到美洲的,生活中体现出蒙古人的习性。

"我在什么地方读到的……说的是一位作家不喜欢报纸上人们说他的那些东西,所以有一天他决定不再读这些文章,而只是去数他的书评有多少行。"

"绝妙的主意,"杰克说,"下次我也这么做。是时候学着不把别人的意见当回事儿了,我得学着讨厌自己的书。"

他跪在草地上,把报纸拢在一起扔进用来烧秋天落叶的金属桶里。

"你来得真是太好了,"他说,"你想喝点东西吗?……来点波尔图酒?伏特加?一杯白葡萄酒?……你去厨房的橱柜里看看,就在洗碗槽的右边……要像在你自己家一样随便。"

"司机"到厨房里打开橱柜,但里面空无一物。幸好他在冰箱里找到一听啤酒;仅剩这一听啤酒了。等他回到花园时,他的朋友杰克舒舒服服地躺在帆布躺椅上已然入睡了。他睡着了还面带微笑呢。"司机"打量了一下天空,预估了太阳接下来的运行路线,把太阳伞摆好,好让杰克的脸尽可能长时间地处于阳伞的阴凉下面。然后他在朋友的额头上轻轻一吻,把那听啤酒放在金属桌上,悄无声息地出了花园。

杰克一旦全心投入工作，就进入自我封闭状态，别人没法和他交流。然而，还有两三件事情是"司机"原想跟他聊聊的。他本想和他讲讲乐队，谈谈在城里的大街小巷可见的勃勃生机，说说和电影《金色池塘》里的凯瑟琳·赫本长得很像的玛丽，还想告诉他这次的流动图书车巡回将会是最后一次了。

五

一架旧木梯

有一天早上,"司机"穿过总督花园去买食物的时候看到了乐队的人。他们正坐在草地上和拆除临时舞台的市镇管理人员说话。

他满心羞怯,害怕被认出来,于是加快了脚步。他从公园出来,走过哈尔迪曼德街,停在人行道中间,犹豫着是去花园街的食品杂货店还是去圣路易街的那家。这时他看到玛丽过来了,她拿着两袋子食物,应该很重,因为她把它们抱在胸前,双手交叉着搂在袋子外面。

"您好,玛丽。"他说,他的声音难以自抑地有点颤抖。

"您好。"她说。

在快到中午的如同刀刃的强烈光线下,她的脸看起来更加棱角分明,但她总是那么美,灰蓝色的眼睛闪闪发光。

"重吗,您的袋子?"他问。

"不算太重……我们要在公园里野餐,您愿意和我们一起吃吗?"

"不打扰吗?"

"一点都不。"

"可以吗?"他从她怀里拿走一只袋子。她任他去拿,然后两人又走上了哈尔迪曼德街。

"司机"拿的袋子里瓶子碰得叮当作响。

"那是法国红酒和魁北克啤酒。"她说。

"您袋子里头有什么?"他问。

"三明治和小点心。"

"我很高兴看到您。"

"我也是。"

他们慢步前行。坡道很陡。

"既然狂欢节已经结束了,你们要回法国了吗?"

"不是立刻就回去。我们还想参观参观魁北克……或许还去美国的某些地方看看。但是又有了点事情……"

五 一架旧木梯

"麻烦事吗?"

"不是,"她笑着说,"我们签了个小合同,要在克拉伦登演奏几天爵士乐。他们会借给我们一些我们缺少的乐器。"

克拉伦登就是乐队居住的酒店。

"那好极了!""司机"说。

"美乐蒂的蓝调老歌唱得很好。您要来听吗?"

"那……您会在那儿吗?"

"会。"她说,两人都沉默了。他们已经回到了公园。乐师们逗玛丽说她怎么花了那么长时间去杂货店,回来还带了一个人。在笑声中,玛丽给大家做了相互介绍,然后草地上的野餐就开始了。

"司机"坐得离众人稍远,背靠一棵粗大的橡树。他喝了一杯酒想和大家一起自在点儿,但是显然他的拘谨态度并没有影响到他们。大家没扰他清静,自去欢颜笑语。黑狗从这头跑到那头去寻一块三明治。玛丽在与大家交谈。当她来坐在他旁边时,他问:

"在图尔农那边,你们都住一起的吗?……我是说,你们住同一个区吗?"

"我和斯利姆住一起,"她说,"他是我的伙伴……美乐蒂,就是歌手,她住在隔壁村,但是常常到我们那里去。其他人都住在山区或者罗纳河畔。"

"对呀,你们那里是多山地带。"

"到处都是山。四面八方都是山,光线不停变幻,景色特别迷人。而且还能观察到各种鸟类。"

"房子呢?是什么样子的?"

她拿起一块三明治给他分了一半,然后接着描述房屋的样子。那种老式石屋背朝大路,前面有宽大的院落。院子一边的矮墙簇满小灌木和花朵,另一边有个两层的工具棚,上层用稻草铺着,那里住着猫一家。

和那种爱猫的人在一起,"司机"有时会产生一种隐秘的融洽感,这种感觉直达内心深处,就好像他们相识已久。

"那些猫,它们怎样下到院子里呢?"他问。

"有一架旧木梯,"玛丽说,"它们沿木梯上下。"

"那小猫呢?"

"那就得母猫用嘴叼着了。您能明白我的意思吗?"

"您且慢……"

他闭上双眼,把头靠在大橡树上。他脸上浮现出愉快的微笑,玛丽继续讲述着母猫如何下梯子:它用嘴衔着幼猫脖子上的皮,一边发出奇怪的呼噜呼噜声,一边把幼猫放在草地上,然后赶紧上去找另一只幼猫,然后再叼一只,直到所有的小猫都聚在下面阳光普照的院子里为止。

他睁开眼睛的时候看见玛丽已经离开他到几步开外的地方了。她正和朋友们收拾纸巾和野餐剩下的东西,然后扔到垃圾桶里。她又回来坐在他身旁。

"您还好吗?"她温柔地问。

"好,"他说,"我睡了很久吗?"

"一小会儿而已……慢点把您的三明治吃掉吧,不着急的。"

"你们要去什么地方吗?"

"我们想在附近散散步。您有什么可给我们推荐的地方吗?"

他边吃三明治边想。阳光很好,天气不像前几天那样阴沉,于是他建议他们去老魁北克城墙那里逛逛。因为没地图什么的,也不方便给他们说清路线,他就毛遂自荐做他们的导游了。

他和玛丽走在最前面,带领大家走上圣安娜街,走到头便从肯特门①的斜坡处爬上城墙。在上面,他们一刻未停就顺着一条杂草丛生的小路走开了,因为停在艾斯普拉纳德公园的敞篷四轮马车散发出的马粪味道很是浓烈。他们在稍远处的野草丛中坐下来,城墙边上的野草生得郁郁葱葱。议会大厦正在他们对面,向右看去是一片洛朗第②山脉的壮阔美景。"司机"靠向玛丽,念道:

> 路过议会大厦的老网球场,顷刻之间,山峦和远处的天空,突如其来地闯入他的内心。

"这是谁说的?"她问。

"是安娜·艾贝尔③在《最初的花园》里写的……这里,我小时候,这里曾有个网球俱乐部,真的很美。我们常常来坐在城墙上看比赛。我记得有时候在看比赛时会情不自禁地有抬头远眺的欲望,那山峦的美会直击我心。"

---

① 肯特门是魁北克古城墙的一道城门。
② 洛朗第以境内的洛康恩山脉得名,拥有众多湖边别墅和滑雪场,是著名的休闲旅游胜地。该地区紧靠蒙特利尔,位于圣劳伦斯河北岸。
③ 安娜·艾贝尔(Anne Hébert,1916—2000),加拿大作家、诗人,她曾三次获得加拿大顶级文学荣誉"总督奖"。

"我懂。"

他俩欣赏了一会儿彰显着北部壮丽风景的山峦,它们轮廓柔美。然后玛丽说起了乐师们想去参观的地方。他们四处打听问到的那些人总是提到同样的地方:夏洛瓦、北岸,还有加斯佩半岛①。

"如果在您旅行途中,我们和您一起去一些地方的话,会打扰到您吗?"

"一点也不,"他说,"但是你们怎么出行呢?图书车实在太小……"

"我知道,"她笑道,"我们想过可以买一辆卡车或者旧公交车。在欧洲我们就这么干的。"

"那你们需要个够大的家伙,得是旧校车或者诸如此类的东西。如果你们愿意的话,我可以试着帮你们找一辆。"

"您愿意这么做吗?"

"当然啦。"

---

① 加斯佩半岛位于魁北克省东部,北临圣劳伦斯河,南隔沙勒尔湾和雷斯蒂古什河与新不伦瑞克省相望,东北滨圣劳伦斯湾,长约240公里。半岛上河流众多,主要有卡斯卡皮迪亚河、圣让河、约克河等。

她向他靠过来。当她亲吻他脸颊的时候他屏住了呼吸。然后他们重新上路尽力赶上其他人,他们在城墙上朝着圣路易门①的方向已经走远了。他们在圣路易门的另一侧与大队伍会合了,他们已经在向下通往亚伯拉罕平原②的斜坡边上停下来。他们看着土拨鼠一家在来来往往地奔波。

背向着岗峦起伏、绿树堆叠、花团锦簇的广阔绿地,"司机"带着他们朝魁北克城堡③要塞走去。他们跟着他走过一架横跨城堡入口大道的天桥,然后走上一条围绕古城堡的沥青路,顺着它走到迪亚芒角④。

到了那里,他们立时一动不动,对河流的雄伟壮丽惊诧不已。他们本是一有机会就开玩笑、互相取笑的一群人,现在却很久地停留在那里,一言不发,目瞪口呆。之后他们慢慢走上一架通往达弗林平台的宽广木梯。工字钢

---

① 圣路易门是魁北克古城墙的一道城门。
② 亚伯拉罕平原位于魁北克市西部的边缘,旁为圣劳伦斯河。
③ 魁北克城堡是一处军事设施和官邸,位于魁北克市的迪亚芒角上,毗邻亚伯拉罕平原。它是北美洲唯一保留了城墙的城市魁北克市防御工事的一部分。
④ 迪亚芒角,也称钻石岬角,位于魁北克市。法国探险家雅克·卡地亚在悬崖上发现了闪闪发光的石头,认为石头中含有钻石。1542年,他把一些石头样本带回法国,专家得出的结论是,这些"钻石"实际上是石英,因此有谚语"假冒的加拿大钻石"。

五 一架旧木梯

脚手架一边抵着悬崖上的岩石,一边抵着城堡的古墙支撑着木梯。楼梯上每一处平台都修建了望远台以便游人休憩。

随着他们向下渐渐趋近大平台,景色在眼前变得广阔起来。玛丽胳膊肘支在望远台栏杆上,指向奥尔良岛:

"我很想去那座岛,那里美吗?"

"司机"点头称是:"非常美丽。"

"菲利克斯·勒克莱尔①的房子原来就是在那里吗?"

"是的。"他压低声音回答道。

"有乐队伴奏时,美乐蒂很喜欢唱《小小的幸福》。"

两个经过楼梯平台的乐师开始哼起了菲利克斯的歌,后面跟着的人也都唱起来,走在队伍最后的杂技演员和歌手也都和着唱着。

"但是,"玛丽说,"这并不是我最爱的曲子。"

"不是吗?"他问。

"不是。我最喜欢的是……我不知道这首歌的名字,但是或许我能给您唱出来。"

她花了点时间整理了一下嗓子,然后用她奇特的嗓音

---

① 菲利克斯·勒克莱尔(Félix Leclerc, 1914—1988),魁北克创作歌手、诗人、作家、演员。致力于捍卫魁北克主权和法语。

唱起来:

> 在你身畔我痛苦,
>
> 在我眼中你痛苦,
>
> 真的,假的,亦真亦假……
>
> 你手里这一小束鲜花,
>
> 明天要成为化肥
>
> 这是真的……

她又唱了好几段,"司机"也努力试着和着她一起唱,但是歌词却一直停在喉间没唱出来。

六

溪流和小兔

在克拉伦登酒店的酒吧里,"司机"习惯坐在角落里的那一张桌子边。首先他会看看玛丽是不是在那里,然后会点一些清淡的饮品,一杯红酒,或一杯啤酒,有时候是热巧克力,他会在听乐队和美乐蒂的演出时慢慢啜饮。

在这间换气扇也没法驱走蓝色烟雾的光线暗淡的小屋子里,美乐蒂已不完全是原来的那个美乐蒂,她不再故意搞笑。看着她以如此的真挚情感来演绎蓝调歌曲,这很让人感动。尤其是唱起艾拉·菲茨杰拉德[①]和比利·好乐

---

① 艾拉·菲茨杰拉德(Ella Fitzgerald,1917—1996),美国爵士乐女歌手、演员。

迪①的歌时,要不是因为她的口音,您一准会以为她就是在美国南方腹地出生的。

她唱得最成功的是比利·好乐迪的《别解释》。她唱这首歌的时候伴奏极为轻柔:钢琴、萨克斯和大提琴。这个故事讲的是一个女人看到自己每晚晚归的丈夫的事情。她告诉他她已经看见口红印,闻到新的香水味了,她说剩下的事情就太容易猜了。但是她并不要求他解释:她所期待的,只是让他不要走。

还有一首"司机"很喜欢的歌:莱昂纳德·科恩②的《著名的蓝雨衣》。为了唱这首歌,美乐蒂扮上男装,用上一副低沉的嗓音,既单一又富于细节变化。这次故事讲的是一个男人给抢了他女人的男人写信。他称他"我的兄弟,我的刽子手",说已经凌晨四点钟,纽约很冷,他妻子不属于任何人;他说谢谢他驱散了妻子眼中深深的哀愁,他原以为那哀愁永远不会消散。

---

① 比利·好乐迪(Billie Holiday,1915—1959),美国女歌手、爵士乐坛的天后级巨星。
② 莱昂纳德·科恩(Leonard Cohen,1934—2016),出生于魁北克省蒙特利尔,加拿大演员、歌手、词曲作者、编剧、小说家、艺术家、诗人。获第52届格莱美音乐奖终身成就奖。他被《纽约时报》赞誉为"摇滚乐界的拜伦"。

唱这首古怪的歌谣的时候,是杂技演员斯利姆用吉他为美乐蒂伴奏的。

通常"司机"都不是一个人坐在桌旁的。玛丽常来和他坐在一起,两人在两首蓝调曲子的间隙时会讨论他们熟悉的歌曲和书。像所有羞怯的人一样,"司机"有一些非常私密的想法:他深信,比如说,两个人要是真的生就可以互相理解的话,他们不但应该喜欢同样的书和同样的歌,还会喜欢这些书或者歌里的同样的章节。

有时候他的朋友杰克也来和他们一起,有时是他的妹妹朱莉,她住在博波尔,在奥尔良岛大桥的对面。

朱莉是小学教师,也是两个男孩的妈妈。她丈夫很温柔,对于照看孩子乐此不疲。"司机"对他妹妹有种特殊的情感。他和她一起打曲棍球、网球和棒球。她身量结实,所以他把她搂在怀里打闹时可得当心点,因为她学过自我防卫课程,有本事一下子把他推翻在地。然而他也为一些细碎小事而生气:经过的时候她用胳膊肘蹭他一下,她甩一下头把头发向后扫,她撩起裙摆向他展示被他的猫抓过留下抓痕的地方。但是很快他就又为她疯狂了,想把她紧紧抱在怀里。

结婚以前,朱莉曾经历过巨大的失恋之痛,是他收留了她,他也为之心碎。他把她带回自己家。朱莉消沉又疲惫,行为举止像个小孩,于是他替她清洗,给她喂饭,安抚她,慰藉她。

* * *

有一晚,只有"司机"和玛丽两个人在一起。歌手在全情演绎,他们两个都默然无语。谁都不想说话。

幕间休息的时候,聚光灯关掉了。有人开了房间里的灯,乐师们出门去花园街透气。

玛丽站了起来。

"抱歉,"玛丽说,"我得跟斯利姆说句话。"

"没关系,您请,""司机"看了看表接着说,"我想我要回家了。"

"不,再待一会儿吧。我就想知道他们演出结束想去哪里。如果他们想整晚在格兰德路的酒吧里头闲逛的话,我可能更愿意休息休息,静静地在城里散散步。"

六 溪流和小兔

"好,我不走。但是,我能先问您一个问题吗?"

"可以。"

"您喜欢鲍里斯·维昂①吗?"

"非常喜欢。您是因为听蓝调歌曲想到他的吗?"

"当然了。他哪本书您最钟爱?"

"《岁月的泡沫》,"她说,"为什么问这个问题?"

服务生来桌边拿走点好的菜单。

"这本书里有个句子我特别喜欢,""司机"说,"句子不长,大概在第 40 页或往后一些的地方。科林谈到克洛伊的香水,然后他对一个女孩说了些话……"

"哦对,我记得……"玛丽说。

她重新坐下来问服务生要来一支笔和一张点菜单上的纸。在背面,她写上:"不可思议!……您感受到森林的气息,那里有溪流和小兔。"她把纸递给"司机"。他读完这个句子脸庞都明亮起来,然后把纸折叠起来装在衬衫口袋里。

---

① 鲍里斯·维昂(Boris Vian, 1920—1959),法国博学多才的作家、诗人、音乐家、歌唱家、翻译家、评论家、演员、发明家和工程师。对于法国爵士乐具有重要影响力。

"你们要喝点东西吗?"服务生问。

"我要一杯咖啡。"她说。

"我一样。"他注视着玛丽的眼睛说。

"那么就是两杯咖啡。"服务生说。

七

沉睡岛

他睡不着。

枕头已经湿了。天气很热,还很潮湿。尽管房间和厨房的窗户都大开着,也没有一丝风。他打开床头灯看闹钟:才凌晨三点。

他重新闭上眼睛,继续寻求睡意。他很平静。没有任何需要担心的事由,因为有关夏季巡回的一切都已准备就绪。此前任何一次巡回的准备工作都没有如此精心过。

车的发动机和刹车都调试好了,滚轮书架也检查过:这辆流动图书车尽管年岁已久,仍然状态良好。

"司机"把新送来的书都读完了,不管是给孩子看的还是成人的书。他终于在书架上找到位置摆放它们。这样就不必把书装在箱子里运输了。他本来应该把驾驶室座位后面的地方好好整整的。这地方确切地说已经被两个体积巨大的木箱堆满了:一个里面放着汽车工具,一个里面装满了被编辑拒绝的手稿——作者把手稿托付给流动图书车,希望能找到一些读者,倒是时不时有人会读呢。

他已经寄了三箱书到贝科莫①的市镇图书馆去,这城市在巡回的半路上,他经过时要去取书来补充他的书架。

最后,他已经仔细重看了黑本子里头登记的读者网络。真的,万事俱备。他在等待,等着乐队的人完成准备工作,等着他帮他们找的校车调整好。他们正忙着打扫校车,让它整装待发。

部里面给了他极大的自由,他可随意选择出发日期。年复一年,大家对这位独特的流动图书车驾驶员②越来越信任,他这个人集公职人员的严格与游牧者的幻想于一体。

失眠在持续。他起身凭倚在房间窗边。河面上应该

---

① 贝科莫(Baie-Comeau)是加拿大北岸区的市镇,位于魁北克市区东北部400公里处,得名于加拿大北岸区博物学家拿破仑-亚历山大·科莫。
② 原文为"conducteur",为了和主人公的称呼"司机"(Chauffeur)区别开,此处译为"驾驶员"。

有点雾气,因为利维①城里的灯光映在水上微微闪烁。因为爱雾,他穿上衣服,下意识地给肩上披了一件毛衣,沿梯子下去走到平台上。尽管已是午夜,还有人在外面:散步的,闲逛的。他向右走了几步,那里通向长长的木台阶,但是那里有些恋人在最后一个凉亭下幽暗的光线里拥抱着。为了不打扰他们,他又沿着栏杆朝另外一边走去。他不想错过光影随着渡船和货船荡起的波浪在黝黑的水面上舞蹈的景致。

他前面的弗龙特纳克城堡被打上绿色和金色的灯光,好像是给周遭沉睡的房子守夜的庞大巨人。在通往下城区的缆索铁道旁的一盏路灯下,他忽然看见一个身影靠在栏杆上。尽管相隔甚远,他认出那是玛丽。她正朝着奥尔良岛望去。为了不吓到她,他先是咳嗽了好几声,然后在灯光下走近了几步又停下。

"晚上好!"他说。

她向他扭过头来。

---

① 利维(Lévis)是加拿大魁北克东部的一座城市,坐落在圣劳伦斯河南岸,与魁北克首府魁北克市组成大魁北克市都会区。魁北克老城和利维老城之间有渡轮连接。魁北克桥和皮埃尔波拉特桥连接了魁北克市西部和利维新城。

"晚上好!"她用嘶哑的嗓音说道。她歪着头,灰色的头发在路灯的光芒下闪闪发光。"司机"靠近她亲吻双颊,吻在他最喜欢的较高的颧部。然后他们又觉得不自在,都转身面向河流。

"我期待能看到您的,但是我又不太肯定能见到您。"他说。

"您睡不着吗?"她问。

"睡不着。您呢?"

"我也睡不着,可能是喝了咖啡的缘故。"

"其他人呢?"他问。

"他们在格兰德路的一家酒吧里。"

"您冷吗?"

"有点儿。比较潮湿……"

"您愿意披上我的毛衣吗?"

"好啊。"

他的灰色带帽旧毛衣。上面到处都是织补痕迹,老旧得可以说它经历了两次世界大战了,但是"司机"特别喜欢它。他把毛衣搭在玛丽肩背上,让她转身面对自己,在她下巴底下把衣袖打了个结。他这个动作特有柔情,路人会以为他把她抱在怀里。

"谢谢。"玛丽说。然后她指着雾气缭绕的奥尔良岛问道:"想去那里怎么走?"

"哪儿?"他问。

"岛上呀。得从那儿的灯光桥上过去吧?"

她用手指着左边蒙蒙雾气中闪耀着的一串灯光,其实那是达弗林高速公路。"司机"捉着她的胳膊轻轻移向右边。

"桥靠这边一点儿,"他说,"有雾,看不清楚。"

"离这里远吗?"

"不远,开车一刻钟就到。或者开图书车去……您现在想去那里?"

"特别想去,但是也许您更愿意去睡觉?"

"一点也不!"他抗议道。他声音中的笃定清楚地表明,凌晨三点到奥尔良岛去转一圈这样的想法对他来说是世界上最自然不过的了。

她收回胳膊,两人穿过平台走向图书车所停驻的通道。"司机"身上没带点火钥匙,于是用了一把藏在车身一角下面以备不时之需的备用钥匙。打开右边门让玛丽进去以后,他从手套盒里取出一个手电筒屈着膝用灯光在车底下慢慢照了一遍。他看见一团双眼磷光闪闪的白球一闪而过,那是小白,邻居家的小母猫。

"您想开车吗?"他问。

"不,谢谢了。"玛丽说。

倒车出来以后,他开上圣吉纳维芙大街,然后穿过魁北克老城区,那里仍然热闹,因为尽管狂欢节已经结束,还是有不少寻欢作乐的人。在议会大厦对面,他开上达弗林高速公路,图书车沿路向下滑行,前往低处的市中心,那里是个平缓的弯道,再往前就到通往岛上的桥了。玛丽觉得路边的路灯弯向道内的弧度体现了人文关怀。她时不时回头去看城里的灯光,特别是弗龙特纳克城堡、普莱斯大厦[①]和议会大厦的灯光,它们渐渐在夜雾中远去。很快他们到了桥边。

"真是既典雅又和谐。"她说。然后她发现他在笑,便问:"您笑什么?"

"没什么,"他说,"只是您和我用了一样的词语。"

---

① 普莱斯大厦是魁北克老城墙内唯一一座摩天大楼,高18层,建于20世纪30年代初。

七 沉睡岛

他们爬上一处陡坡,到了顶端,"司机"犹豫了。

"可以从左边也可以从右边绕岛一周。"他说。

"要我来决定?"

"请。"

"嗯……我们从右边走吧。"

他按照指示方向缓慢前行,防止发出噪音:万籁俱寂,路上别无他人,圣皮特尼亚镇上也一片荒凉。到了岛的尽头,一阵轻风扬起,吹散了雾气,他们刚好欣赏魁北克的灯火。月亮是满月,殷红如炭。

当他们重新走上蜿蜒又宁静的道路时,玛丽用放在手套盒里的公路地图仔细查看了一会儿路线。到了圣劳伦斯镇,老房子、水边小木屋、老网球场,一切都在沉睡。在圣让镇,玛丽看到河上有一处静止的灯光,"司机"告诉她这是女士岛①。从圣弗朗索瓦出来,在一座教堂前,道路直拐向左,再往前不远,"司机"在一个公路服务站停下来活动活动腿。只有月光照着这块地方,他们看到了洗手间、野餐桌,以及顶头的一座很大的木质瞭望塔。

---

① 女士岛位于圣劳伦斯河中央、奥尔良岛西北方向约3公里处。

"从塔顶上能看到什么呢?"玛丽问。

"白天的话,"他说,"能清楚地看到岛的岬角和周边的一些小岛。但是晚上,我真是不清楚。"

"我们上去看看?"

"您愿意的话就去。"

他从图书车里拿出手电筒和一件羊毛毯,接着两人开始踩着粗粝的梯级板往上爬。每一层楼梯平台他们都停下来喘口气,看看视野是否扩大了一些。

在顶上,他灭了手电光。空气更清冽,风也更强劲,于是他把羊毛毯盖在玛丽肩上的灰色旧毛衣外面,也盖着自己肩膀。他们转向岬角的方向,却看不清什么小岛,只能看到红月亮下伴着河岸旁的灯火一起闪闪发光的河流。他把妹妹住的博波尔那片灯光指给她看。在西南方向,魁北克和利维的灯光在远处混在一起无法分辨。

"玛丽……""司机"发话了。

"嗯?"她说。

"我和您在一起感觉非常好。我很久没有这样的感觉了。"

"我也是。"

"但是我得跟您说些事情,这很难开口。"

她在毯子下握住他的手。他直视前方远处,语气坚定地说:"对变老这件事,我一点兴趣也没有。我好一阵子以前就决定了,夏季图书巡回是最后一次了。您明白吗?"

她轻按他的手以表示她明白或者尝试弄明白。他们静默着,没人想多说点什么。然后他感到她冷得哆嗦,于是建议道:

"我们去车上喝点热巧克力?"

"好。"她说。

他们已然习惯了半明半暗,从塔上下来时都没开手电筒。在最后一层楼梯平台上,玛丽突然停下来:

"我看见一只猫头鹰。"

"在哪儿?"

"就在树林边上,在栅栏的木桩上。"

她用食指指向那个地方,但是"司机"什么都看不见。

"那是一只长耳鸮。"她说得更明确了。

"我什么都没看见。"他有点伤感地说。

在图书车里,他移走书架,在炉子上架上要烧开的水。洗涤槽上有一张从来没有与他分离过的照片,上面有塑封保护着。照片上是巴黎的莎士比亚书店①。在夜色中,书店的橱窗映出金色的明亮光线,在微蓝的阴影里渗开。

很快烧水壶下方火的热度让他们暖和起来,但是他们谁都不想说话。他们静静地喝着热巧克力,吃上两三块枫糖饼干。过了片刻,灰色的微光照亮了卡车后部的窗户,他们赶紧又爬上塔顶朝东方望去。两人在羊毛毯的包裹下相拥着,他们好似形成了一个人:就像巨船上桅杆瞭望台上的水手。

等着日出的时候,玛丽转向"司机",把脸贴在他脸上,温柔而又充满手足之情地,用他所爱的颧颊揉蹭他的眼睛和嘴角。

---

① 莎士比亚书店诞生于"一战"之后,主要以出售英文书籍为主,当时在巴黎的海明威、菲茨杰拉德、斯泰因等"迷惘的一代"都是书店主人西尔维亚·毕奇(Sylvia Beach)的座上客。这个书店"二战"期间由于受到纳粹的骚扰而关闭。1951年,一个叫乔治·惠特曼的美国人在巴黎圣母院对面的比时利街37号开了一家卖英文书籍的书店。像西尔维亚一样,他把书店的二层辟为图书馆,书堆间还有床铺,成了文人聚会的场所,甚至临时栖居地。20世纪60年代,惠特曼在得到毕奇小姐的同意后,正式把书店更名为莎士比亚书店。

八

第一次

"司机"某天早晨近十点光景开始了他的夏季巡回,乐师们开着他们的校车紧随其后。天已经热得受不了,去北方大家都很满意。出发时玛丽决定和他一起走一段。

在夏洛瓦群山中,他频频瞥向后视镜,时时减速以便不让在坡道上费劲前行的老校车落下太远。玛丽很担心。校车的刹车在这么陡的下坡道上能坚持得住吗?修理校车时,乐师们没有忘掉某个细节吧?

当他们到了一个通往圣保罗湾①的让人头晕目眩的大下坡时,玛丽表示她必须跟斯利姆说句话。

"您能在什么地方停一下吗?"她问。

"当然。"他说。

立刻,他打了转向灯。他确保他后面的校车驾驶员也这样做了,然后驶入一家坡顶餐馆的停车场。过了一会儿,那辆汽车停在他车旁边。斯利姆在开车。

玛丽下车了。她和她朋友说话的时候,她朋友并没有离开汽车,只是把头歪向她,其他人则胳膊靠在车窗上欣赏依偎在低凹处广阔的半圆形绿地里的小城和在大河轻雾里变得朦朦胧胧的榛子岛②。

"司机"也在欣赏风光。玛丽再次回来坐在他旁边的时候,他双眼潮湿。

"您眼里有雾。"她轻轻地说。

"一点点,"他说,"没什么。"

"人常说有些风景……是我们自身的一部分,无法分

---

① 圣保罗湾(Baie-Saint-Paul)位于圣劳伦斯河北部海岸的一个山谷中,被称为太阳马戏团的发源地。也是魁北克省最古老的城市之一,狭窄的街道两旁有迷人的精品店和艺术画廊。

② 榛子岛是圣劳伦斯河中的岛屿,位于圣保罗湾对面。

割,不是吗?"

惊讶于玛丽猜出他的心思,司机不知道回她什么话,于是他们都保持沉默了。然后她谈起了汽车刹车。

"它们好像运行得很正常,"她说,"我们可以走了。"

重新发动汽车准备前行,"司机"趁机最后一次看了看风景,然后开入下坡道。校车在后边不远处跟着。到了坡底,他们遇到一个通往市中心的狭窄的右拐弯道,玛丽回头看那辆老破车如何从弯道中顺利通过。

"一切正常。"她说。

斯利姆和她已经说好,更谨慎的做法是一有机会就尽早停下来重新检查刹车,或许也要检查转向装置和汽车悬挂。她问:

"圣保罗湾也是您平常停下来去工作的地方之一吗?"

"不是,"他说,"我停驻的都是小村镇。应该避免与图书馆以及书店起冲突。"

"当然了。"

"但是我也没有精确的时间安排,所以如果您愿意……"

他闭口不言了。他们正前方,一个瑞士小男孩正沿着两根桩子上绷起的电缆过马路。

"是的,"她说,"我希望您也去那里,如果这是您刚才脑中想的问题的话。"

她低哑的声音带着很温柔的调调。他为了掩饰自己的局促不安,开始解释他们可以如何安排圣保罗湾的日程。如果他们想要安逸,就要去古夫尔河①边的露营地;如果他们更愿意省钱的话,只需要在某个公共场地停车就行。

玛丽喜欢第二个选项。

"我们没有太多钱。"她说。他们很快就要开始表演以换取汽油钱。

"那最好就是停在教堂旁边。我们差不多到了。"

一公里以后他驶离主干道并左转进入教堂的场院。他让校车先开过去,用手势告诉斯利姆最好停在右侧,下午教堂在那里的影子会扩大。已经十二点半了,雾被一阵轻轻的西风丝丝缕缕地吹散了。玛丽轻拂他的胳膊和他说再见,下车去帮斯利姆倒车停靠。"司机"把他的车停在校车同一侧,几乎紧贴院子边缘。

---

① 古夫尔河是圣劳伦斯河的支流。

他自己一个人吃饭,没管其他的,因为天热,两扇后门敞开着。他给耳朵里塞上耳塞球,好减轻说话声和工具的噪音,然后睡了个午觉。

在他梦里,一个女人在车外二十步左右的地方看着他。他睁开眼睛,用一只胳膊肘撑起身子:她还在那儿。他向她招手,睡意迷蒙地向她微笑。他坐在床上,忽然明白这不是玛丽。这是一位上了年纪的女士。一位小老太太。

他迅速起床,把床折叠起来靠墙,用滑轨把书架推回原位。然后他下了车。

"您好,夫人。"他说。

"您好。"

她向前走了几步又停下,弯腰驼背地歪站着。尽管天气这么热,她还是穿着一件捂到脖子的黑裙和黑长筒袜,戴着黑帽子,帽子上有面纱,也没遮住那布满皱纹的脸庞。

为了鼓励她,他问:

"您想要一本书吗?"

"如果不麻烦您的话,先生。"

"相反,我很乐意呢。"他说。哪怕不是工作时间,他也很重视一件事:从不拒绝任何人对书的要求。

小老太太一直走到踏板梯级前。

"这是第一次。"她说。她从裙子的袖筒里拿出一块洁白的手帕擦了擦两边嘴角。

"我明白。"他说。他走近想帮她爬上流动图书车。这时她揭开面纱,他看到她有一双绿色的眼睛,这眼睛神采非凡,好像有种吸光的特殊天赋。

"我看到了汽车旁边写的字,"她解释说,"我从教士住宅处过来的……其他人,那边的,在校车里的人,他们是干什么的?"

"他们是艺人。是乐师还有杂耍演员。"

她点点头。

"您有什么书?"她问。

"我们什么种类的书都有,"他说,"您愿意进来看看吗?"

他向她伸出胳膊。她倚着他爬上梯级。在车里,他向她说明书是以何种方式摆放的,不同的分区都在哪儿,然后他就留下她独自一人。他下车走了几步,并没远离。

校车那边,刹车装置的检查已经完成,静谧回归。一些沾了油污的报纸被遗忘在后轮旁边。乐队的人都在车里,除了一个乐师在用三个网球练习杂技。有人在忙着给车窗装帘子,这样"司机"就看不见玛丽在做什么了。

他一边走一边用眼角观察这老太太。她一本一本地检视那些书,却并不拿在手中。她头歪向一边,心满意足地读书名。有时她用瘦细的指尖抚摸书籍。他走近车,听到她在叹息时,他坐在了踏板上。

"有什么不好吗?"他问。

"我不行。"她微弱地说。

"不行吗?"

"书太多了。"

"确实。我来帮您选。但首先,您想喝点东西吗?比如一杯柠檬水什么的?"

"哦,我很乐意。看得出来您是很有教养的人。"

"谢谢!"

他上车递了一把折叠椅给老太太。他打开厨房一角,从冰箱取出一罐柠檬水给她倒了一杯。她谢了他。他喝了半杯,然后把书架移回原处,坐在凳子上。

"您在圣保罗湾住了很久吗?"他问。

"我在这儿出生的,"老人小口喝着饮料说,"我一直住这里,除了我在学校那年。"

"您当过老师?"

"是啊,有个女老师生病了,我去替她上课。那时在小村庄里,就在那里的山上……圣菲雷奥乐雪山①,您知道吗?"

她抬手指向西南方向,她的手势就像脸上的表情一样畏怯,让人不由觉得那个村庄是在世界尽头。

"是,我知道。"他说。

他向她提了另外一些问题,她的只言片语中描述了一所位于"最后一排"的学校。她在那里住了一辈子,教那些不同水平的学生,他们集中在唯一的一个教室里,围着一个燃木炉子。她回忆起冬天炉子旁边烤露指手套、锥形呢帽和羊毛围巾的味道。

她回忆完了,汽水也喝完了。"司机"起身,毫不犹豫地从书架上拿了一本书。

"这本书可能适合您。"他说。

---

① 圣菲雷奥乐雪山位于魁北克市西北部,靠近圣安娜大峡谷。

八 第一次

"真的吗?"她说,她的眼睛闪闪发光。

她伸出手,他递给她一本加布里埃勒·罗伊①的名为"我生命中的孩子"的书。不是口袋书,而是更古旧的版本,字体更大,看得更清。

"谢谢,"小老太太说,"非常感谢。"

"没什么。"他说。他还补充说没有任何记录卡需要填写。她只需通过邮局把书寄回封面内页上印的地址就还回去了。如果她有兴趣的话,她可以,甚至很推荐她把书借给其他人。

小老太太显然对于这些解释感到满意,再次感谢了他,不无艰难地从椅子上起身,他扶她下了车。她向他腼腆一笑,放下面纱向主干道远去,把加布里埃勒·罗伊的那本书紧紧地抱在怀中。

他在她放下面纱的时候,又一次注意到她绿色眼睛里的光芒。她应该,在许久以前,曾是一位美丽的女子。她家里,壁炉台上,可能有她的一张老照片,是她新婚燕尔的样子。

---

① 加布里埃勒·罗伊(Gabrielle Roy, 1909—1983),法裔加拿大女作家。

九

榛子岛的猫

那天早上,他正往碗里倒玉米片的时候听到有人在图书车后面轻轻敲门。

"马上来!"他说。他在驾驶舱的后视镜前站着,用手指梳了梳头,然后去开门。是玛丽。美丽的、灰头发的、面带微笑、浑身散发着平静力量的玛丽。

"早上好,"他说,"您好吗?"

"还行。"她说。

"您睡觉了吗?"

"一小会儿。您呢?"

"我睡了。睡到拂晓。"

九　榛子岛的猫

前夜有几个乐师在城里过夜的,他们和一个在某家餐厅里表演的小管弦乐队产生了友情。结束的时候,管弦乐队的人把他们一直送回校车,并且一起边喝啤酒和红酒边演奏音乐。尽管"司机"很腼腆,他还是加入了他们。夜里大家都睡得很晚。

玛丽的眼睛看起来比平时小了一点。

"您不进来吗?"他问。

"不了,"她说,"我来是为了问您点事儿的。"

"要是我煮咖啡呢?……"

"好吧!……同意,多谢。"

她上了车,让一扇门开着。他点燃炉子烧水。咖啡准备好了,他为玛丽倒了一杯。她席地而坐,背靠着书架微微倾斜的架板。然后他把桌椅折叠起来,给玉米片里加了奶,面对玛丽坐了下来。

"我的脑子里还满是音乐。"他说。

"我也一样,"她啜了一口说道,"嗯……咖啡很好喝!"

"谢谢。"

"您因为我们睡晚了……"

"不要紧。"他说。

"还有,"她说,"我要请您帮个忙。"

他静静地吃着玉米片,等着她解释。她犹豫着,他微笑着鼓励她。最后,她决定说了:

"我很想去榛子岛看看……带我去那里的话会很麻烦您吗?斯利姆和美乐蒂也去。其他人宁愿睡觉或者写信或者在城里逛,他们……"

"一点都不麻烦我。"他说。

"……他们想在前面路上跟我们汇合,就是您要去工作的第一个村庄,叫什么名字的?"

"圣伊雷内。"

"我会告诉他们。他们会在那里跟我们会合,这样您就不必回到这里了。"

她把一切都想到了。他建议半个小时以后出发,下午在岛上野餐。有斯利姆和女歌手一起,她负责准备午餐;他什么都不用操心。

一个小时以后,"司机"和他的三个乘客从他们在圣约瑟夫河岸①搭乘的轮渡上开车下来,到达榛子岛。他们爬

---

① 圣约瑟夫河岸是莱塞布勒芒市镇下的一处轮渡河岸的村庄。

上堤岸的斜坡,开始了环岛之旅。

"司机"开得很慢,好让他们品味岛上浸润的宁静氛围,欣赏低矮的石屋、老旧的磨坊、鲜花盛开的田野和海鸟。玛丽在他身旁坐在凳子上。美乐蒂和斯利姆互相倚靠着共享右边的座位。女歌手的眼睛因为缺少睡眠有了黑眼圈;杂技演员胡子没刮,头发乱蓬蓬的,左胳膊绕在她肩上。

岛上非常宁静,游客很少,他们好多次看到沙滩上搁浅的双桅纵帆帆船歪向旁边,不复能用。天空万里无云,河流静谧,空气甜美而炎热。

在岛的尽头,差不多是在船长旅社的上方,"司机"发现了一个容易进入海滩的地方。他停好车,建议其他人着手寻找一个适合野餐的水湾,他则去准备一保温瓶的咖啡。同时他还想检查一下从很陡的坡下来的时候是否有书从书架上掉落,这陡坡连接着圣约瑟夫河岸和莱塞布勒芒①。

"我来给您搭把手。"玛丽说。她转向已经下车的斯利

---

① 莱塞布勒芒是圣劳伦斯河北岸的河滨城市,位于榛子岛北段的对面。

姆和美乐蒂说:"这不妨碍你们吧?"

"不会,"斯利姆说,"我们那里见。"

"待会儿见。"美乐蒂说。

杂技演员和歌手一人一边地挽着手柄,提着盖有红白方格布的食物篮子,在沙滩上渐渐远去。

"司机"首先确认了所有书都在书架上安然无恙,然后煮了咖啡。玛丽把咖啡倒进保温瓶。他把瓶子放入一个小背包,还装上几个塑料平底杯和一包玛丽最喜欢的LU①牌饼干,从魁北克出发之前他买了一整系列的这种饼干。

她手放在他肩上。

"谢谢准备这些饼干,"她说,"能想到这个真是贴心。"

"没什么的。"他说。他耸起肩膀,头向下偏,如此用脸颊蹭了一会儿玛丽的手。

他们下车了。关后门的时候,他瞥见车下有一只猫。

"嘿!有个客人!"他说。

玛丽弯腰去看。这是一只年幼的黑猫,脚爪处有点

---

① "LU"是法国饼干品牌"Lefèvre-Util"的首字母缩写。

九　榛子岛的猫

白色。

"应该是旅社那里的猫,"她说,"我们刚才从那里经过的时候,我看见它在草坪上。"

他们开始静静地在沙滩上走着。潮退了,露出一片深灰色近乎黑色的页岩海滩。还看不见斯利姆和美乐蒂,他们可能去远点儿的地方找个沙子柔软的水湾了。"司机"朝身后瞄了一眼。

"那只小猫跟着我们呢。"他说。

他们停下脚步,黑猫也停了。猫的嘴角有一块白斑,像是一大滴牛奶。它好像忙着在水洼里玩,但是他们再次远去时,它又重新跟了上来。

一堵岩石横在他们面前。他们越过岩石,为了逗着玩,他们藏在一棵树墩子后面。过了一会儿黑猫快速跑来了,神色茫然。发现他们躲在树墩旁边以后,它来了个急转弯,朝偏斜方向的河边走去。

继续往前走的时候,他们看到杂技演员和歌手在一片水湾边的沙滩上躺着。他们侧身睡着,脸对脸,都闭着眼睛,好像睡着了一样。他们脱了鞋和 T 恤。两人的皮肤都很白,除了被太阳晒黑的脸、脖子和前臂。他们把食物篮子放在了离他们最近的岩石阴凉里边。

玛丽好像有点儿激动,呼吸加快了。"司机"踮着脚尖把背包放在食物篮子旁边,然后回到玛丽旁边揽着她的胳膊带她去了水湾另一边。他们坐在沙滩上,背靠着一块岩石。很快,朝着河边跑得气喘吁吁的黑猫爬上了一块离他们几米远的圆石头。它开始舔被淤泥弄脏的爪子。

"他们看起来那么脆弱,两人都是……"玛丽说。

"当然。"他说。

她还处于激动的情绪之中,皱起眉头,使劲地在沙子上画着什么。他把自己肩膀靠向她,好让她觉得需要的话可以靠在自己身上。她渐渐平静下来。

突然,黑猫从圆石头上跳起来,飞速地朝着河边冲去。

"那里有一些鸟。"她说。

"哪儿?"他问。

"那里,在那块锋利的岩礁和平坦的岩石中间。"

她手指着水边一处具体位置,可是他徒然瞪大双眼,用手搭了凉棚挡住阳光,却什么也没看见。

"我看不到它们。"

"它们在水边。它们的腿很细,迈着急促的小碎步在跑。那是鸻鸟。"

"我什么都没看到,"他一脸不高兴,问,"您是怎么做到的?"

"我习惯了。"

"怎么会呢?"

"我是鸟类画家。"

她用很平常的语气说着,好像说的不过是每日里常见的一种职业,而"司机"却很惊愕。

"您画鸟啊?"他说,"真的吗?"

"是啊,这是我的职业。"

"像奥杜邦①一样?"

"可以这么说。您知道他也来过北岸吧?"

他摇头表示不知道。她说,奥杜邦1833年驾着双桅纵帆帆船"里普利号",从纳塔什昆②到布拉多尔丘陵③进

---

① 约翰·詹姆斯·奥杜邦(John James Audubon,1785—1851),法裔美国著名鸟类画家、自然主义者。他创作的鸟类画《美洲鸟类》曾被誉为19世纪最伟大和最具影响力的作品。
② 纳塔什昆位于敏甘群岛国家公园保留地以东。
③ 布拉多尔丘陵位于魁北克省最东部与纽芬兰和拉布拉多省的交界地区、圣劳伦斯湾与北大西洋交汇处。

行了勘查,这次考察促成他画了二十多幅鸟类画作。

"我对此一无所知,""司机"说,"我倒是看过他画作的一些复制品……我总是暗想他怎么做到的,能画得那么精确。"

"他有一种方法……我不太喜欢。"玛丽说。

"什么方法?"

"抱歉,他为了近距离研究这些鸟,会一枪打死它们。然后他用铁丝让它们保持姿势。"

"啊,不! ……"

"这是19世纪常用的方法。如今用望远镜,只是需要多一点耐心……"

被一阵哄闹声打断,她转过头去。斯利姆和美乐蒂坐在一个离他们二十米远的大水坑中间的页岩上,大笑着呼喊着相互泼水。

"他们在一起处得多好啊……"她小声说。

因为有阳光,她眼睛半眯着,"司机"猜不出什么样的情感在她内心激荡。这次,她的面部很放松,显得很平静。

"他们该饿坏了,"她边站起来边说,"来,我们把午餐拿出来,把吃饭要用的东西都摆好。"

"好,"他说,"要是哪天您愿意的话,会跟我讲讲您是怎么工作的吗?您如何鉴别鸟类、您怎么靠近它们之类的事情?"

"当然可以。"她说。

"谢谢。"

他盯着她看,明显一脸崇拜,玛丽都忍不住笑了。他站在那里纹丝不动,她只好去拉着他的手带他走到食物所在的岩石那里。她收拾另外两位刚才睡觉扔在沙地上乱七八糟的衣服时,他的眼神也没有离开她。最终他回过神来。他帮她铺开红白格子的桌布,在上面放好三明治、咖啡、饼干和餐具。

斯利姆和美乐蒂跑过来,湿漉漉地浑身赤裸着,小黑猫就在后面不远处如影相随。

十

美妙的死亡

图书车停驻在圣伊雷内的平台上。从旅途开始以来"司机"第一次一个人。乐队的人去赴了玛丽安排的约以后,又和她一起出发去拉玛尔贝小镇准备一场演出。

此刻已是下午将尽之时。一整天来,"司机"的情绪就像随着光线强度从灰色变成绿色的河水一样波动。但是这并没有妨碍他诚挚友好地接待了前来的所有读者:老者、度假的学生、游客。但是,当地读者网络的负责人尚未到来。

圣伊雷内的负责人是一位名叫玛德琳的四十多岁的女人。她原先是一位图书管理员。这个读者网络是本地区最大的读者网络之一,共计 27 个成员,分布在由圣约瑟夫河岸、潘托皮克①和圣艾梅德拉克斯②的村庄共同组成的一片三角区域里。

为了消磨时间,他打开汽车收音机 FM 频道,想听音乐,但是他第一个听到的却是个文学节目,正在谈论塞利纳③。文学院的一位教授的嗓音既热切又深沉,正在讲评《茫茫黑夜漫游》的篇章。然后他说起一个夜晚,塞利纳吃完晚饭觉得累了。"我要躺一躺。"他是这么说的。之后,他又说了一句:"得记得把信投进邮筒里啊。"然后他就过世了。他经历了一次非常美妙的死亡。

节目结束了,放起了古典音乐,然后又是歌曲。"司机"调大音量走到车外,看看近处的河流,嗅嗅咸水的味道。码头上正在施工维修,但是因为已经过了六点,工人们已经结束了一天的劳作,只剩下两个钓鱼的人,他们在大堤上把渔线远远地投到河水里。"司机"和他们聊了一

---

① 潘托皮克是圣劳伦斯河滨的一个市镇,位于圣约瑟夫河岸东北方向。
② 圣艾梅德拉克斯是位于潘托皮克以西、圣约瑟夫河岸以北的一个市镇,湖泊众多。
③ 路易-费迪南·塞利纳(Louis-Ferdinand Céine, 1894—1961),法国著名作家。《茫茫黑夜漫游》(*Voyage au bout de la nuit*, 1932)是其第一部小说,荣获当年的雷诺多文学奖。

会儿。一看到玛德琳的玫红色沃尔沃汽车,他就向着图书车走回去。

女人下了车,抱着一堆书,朝着正向她走来的"司机"微笑。

"我买东西回来看到图书车啦。"她说。

"您好!""司机"说,"稍等,我把收音机音量调低。"

"不,请等等……"

这是她熟知的歌曲,一首阿兰·苏雄①的歌,细致入微,婉转动人。她闭上眼睛开始低唱:

> 当我被打败
>
> 从录音台上下来
>
> 被打倒在地
>
> 被那些比我更美
>
> 更强健的人
>
> 你还会爱我吗
>
> 沉溺在这不省人事之时?

---

① 阿兰·苏雄(Alain Souchon,1944—),法国歌手、作曲家、演员,发行过15张唱片,拍过7部电影。

十 美妙的死亡

歌曲唱完了,"司机"赶忙帮玛德琳把抱着的书放下。他和她一起走进图书车,把书放在折叠桌上,关了收音机。然后他把双手放在她的髋部,踮起脚尖,轻吻她的双颊。她身形高大,满脸愉悦,有一双蓝色的大眼睛,满头金发在颈上盘成一个发髻。

"我来得太晚了,"她说,"请原谅。"

"欢迎您。"他说。

"谢谢。"

"您觉得这些书怎么样?"

"书非常棒。大家都很喜欢。"她笑着说。

她说话的时候手势很夸张,书架显得缩小了。

"大家都好吗?"他以关切的语气问道。

"不,"她说,脸上的笑容也凝结了,"乔治不太好。"

"严重吗?"

"他住院了。"

乔治是读者网络中最年长的成员。尽管"司机"从来没见过他,但是太经常听人讲起他,都把他当成老友来看了。他是上一次世界大战的退伍老兵,曾经受过伤,有哮喘病。他的呼吸越来越困难,而且,他每天都得用可的松①,而这最终损坏了他的消化系统。

乔治在读者网络中的位置不是至关重要,却也非常重要:另外五名读者就是从他那里发展出来的。

"别灰心,"她说,"他经历得多了,这个老乔治。他一定会好起来的。目前,他女儿在操持书的事情。她叫露易丝。"

"可不是嘛。"他说。

他很景仰玛德琳。不仅仅因为她是这种万事都能找到解决办法的女人,而且因为她在阅读方面的经验比他自己的广博多了。她读过大量不太知名的作家的作品,一般文学杂志中不谈及来自南非、冰岛、澳大利亚或东欧等不同地区的这类作品。

比方说,钦吉斯·艾特玛托夫②。她很久以前就知道这位来自吉尔吉斯斯坦的作家,这个国家是苏联的一部分,位于中国的西北方向,地处老丝绸之路上。是她让他

---

① 可的松(cortisone)是一种肾上腺类皮质激素型药物,又译作可体松、考的松,俗称皮质素,医药学名是肾上腺皮质激素。
② 钦吉斯·艾特玛托夫(Tchinguiz Aïtmatov, 1928—2008),吉尔吉斯斯坦作家,其作品集被翻译成多种文字在世界各地出版。

读了《查密莉雅》《白轮船》《蓝鼠,给我水》,他才爱上了这位作家的所有书,在此之前他竟然都不知道这位作家的存在。

"谢谢您告诉我老乔治的事情。"他说。

她低下头,微笑重现。

"这事儿我应该告诉您的,"她说,"难道不是您告诉我说所有的读者都很重要,哪怕是线上最末端的那些?"

"我不记得说过这些了。"他说道,这次他笑了。

她总是说线啊链啊。他则更喜欢网络这个词,但是从来没在她或其他任何人面前说过。这是他独自坚守的词,这词让他想起"二战"时法国的抵抗运动和德国占领法国的时期——他只是通过电影和维尔高①的书《海的沉默》了解到这个的。

"我给您弄点东西喝吧?"他问道,"葡萄酒,也许。玫瑰红葡萄酒?"

"好啊!"她说,"谢谢。"

---

① 维尔高(Vercors, 1902—1991),法国著名作家、插画家和出版人,于1942年出版作品《海的沉默》(*Le Silence de la mer*)。他在"二战"期间参加法国的抗德地下工作,当时是巴黎地下出版机构子夜出版社的负责人之一。

把书架滑到厨房一角以后,他倒上玫瑰红葡萄酒,自己手持一杯,坐在两扇后门中间。玛德琳已经开始重新选书了,这真是乐事一件,看着她在书架间自在徜徉的样子。她把书拿在手里,翻页,抚摸,低诉,嗅味。太阳渐渐从村庄后落下,夕阳柔美的光芒笼罩着她,她不时打着转,在书架中搜寻,也会停下来五秒钟喝一口玫瑰红葡萄酒。

她选书的时候,他走到驾驶室,打开黑本子翻到圣伊雷内网络的那一页。为了能让下一位接替他的人工作任务简单点,他在乔治的名字上面,把露易丝的名字写在括号里,然后在这一页最下面写上了玛德琳提供的所有有关新的读者群的信息。然后他合上笔记本,把它放在手套盒里。

回到图书室里,他看到玛德琳拿着杰克最近出的那本小说。她还拿了一本雷蒙德·卡佛①的短篇小说集《三朵黄玫瑰》;约翰·方特②的《问尘情缘》;路易·戈蒂埃③的

---

① 雷蒙德·卡佛(Raymond Carver,1938—1988),美国短篇小说家、诗人,美国"极简主义"代表作家,代表作有《当我们谈论爱情时我们在谈论什么》《大教堂》等。
② 约翰·方特(John Fante,1909—1983),意大利裔美国小说家、编剧。
③ 路易·戈蒂埃(Louis Gauthier,1944—),加拿大作家、译者。

《撑伞游爱尔兰》;菲利普·迪昂的《脊椎》;皮埃尔·莫伦西①的《美国之眼》;弗朗西·诺艾尔②的《玛丽斯》;还有短梯出版社出品的一些初出茅庐的作家的小说以及两本童书。

"我该住手了。"她说。

"您随意,没限制的。"

"有人问我要食谱……我能拿一些中国食谱书吗?"

"当然可以。"他笑道。

"我还想要一本手稿。我很久都没读过手稿了。"

"当然可以。"他说。

他喝完杯中酒,起身去打开被拒书稿盒,就放在驾驶室右边座椅后面。他很谨慎不要搞错:另外一个在左边的盒子,里面只装着汽车工具;里面还放了一个防火软管,长度足够把排气消音器和驾驶员侧门玻璃连起来。

---

① 皮埃尔·莫伦西(Pierre Morency,1942—),加拿大诗人、小说家、电台主持人、鸟类学家。
② 弗朗西·诺艾尔(Francine Noël,1945—),加拿大女作家。

十一

拉玛尔贝的一家好咖啡馆

两天以后,"司机"在拉玛尔贝小镇赶上了玛丽和乐队的人。他毫不费劲就找到他们了:照旧,他们这次也在教堂院子里扎营了。

夜幕降临,他们要演出。

一开始,美乐蒂唱了一首既简单又天真的歌曲《圣让的恋人们》。只有手风琴伴奏。观众们克制地鼓掌,好像不愿意打扰歌曲意境一般。但是从他们眼里闪的光、脸上漾出的微笑,可以猜出来他们内心不无激动。

乐师们坐在一棵没有低枝的橡树前,这样的位置极好,因为观众欣赏演出的时候,还可以欣赏他们背后的河

十一　拉玛尔贝的一家好咖啡馆

流。观众中也有玛德琳,她从圣伊雷内带着一群孩子来的。"司机"再见到她感到很高兴,坐在她身边铺放在草地上的一个寝具包上。玛丽一如既往地坐在第一排,她在这里不动声色地保障演出正常开展。因为河边的空气有些清冷,他借给她一件长长的羊毛披巾,她把它绕脖子两圈围着。

歌手的节目之后轮到了杂耍演员,乐队用弱音器轻轻地伴奏着。这和上次的节目一样,但是这次动作如此精准、如此规则,好像表演起来毫不费力,甚至给人一种慢动作进行的印象。而且,当他们四个人交叉着传递小木棍时,如有魔力般,小木棍在空中带着轻微的呼啸声旋转飞舞,擦肩而过却绝不会相撞。

接下来走上前来的是一个男人、一个女人,他们要和那条黑狗一起表演。男人从兜里掏出一把口琴开始演奏一首以前很出名的《橱窗里的狗值多少钱?》,女人以清脆的声音唱所有唱段,到重复唱段的时候,狗每句都吠两次以示强调,这让孩子们捧腹大笑,父母们也忍俊不禁。从这时起,演出的调子变得具有家庭气息而私人化。他们搭了个三层金字塔,女人四肢撑在男人背上,狗又在女人背上。

最后,乐队演奏着刺激的乐曲,男人在钢丝绳上跳舞,狗自己也跟着他舞动。他们三个一起表演得既滑稽又轻松,充满童趣。就连黑狗,它那乱蓬蓬的一簇毛下面时不时闪亮的金色眼珠里,也一副满不在乎的样子:这不是马戏团的动物,而只是一只聪明的狗而已,不停忙活,有点不守纪律。

表演已经到了压轴戏上场的时候了。斯利姆已经准备好了相关材料:他把杂技器材全放在地上,检查了绷在大橡树和金属杆中间的缆绳的结实程度。现在他坐在地上,一动不动,双眼紧闭,双腿屈拢,手心向上。他全神贯注,或者说他凝神静思。又或者,可能他看到夕阳西下,只是在等着夜幕降临。

当他爬上缆绳开始行走时,他抄着手,头右倾,眼盯着河,眼前的河流宽广到几乎看不到边,他忽然显得脆弱无助。但是最后当他用刀具和点燃的火把杂耍的时候,稳稳地保持着平衡,像个魔术师,在黑色的天际里描绘带火的字迹。

尽管演出已经结束好一会儿了,人们还是迟迟没有离去。有人仔细观察乐器,有人和歌手聊天,有人和狗玩,还有人帮斯利姆和其他杂耍演员把器材搬回校车。玛德琳也是最后离开的,带着那群从圣伊雷内带来的孩子回她的沃尔沃上。上车前她转身向"司机"久久地挥手告别;从孩子们挤挤攘攘围着她的样子看,孩子们特别爱她。

当所有人都走了,器材也都收拾完毕,玛丽来找"司机":

"收入不错!"她说,"我们请您去道上不远处一家小咖啡馆吃饭。"

"再见到你们真让人心情愉快,"他说,"表演简直神奇……但是今晚我不想到人群中去。我脑子里有些郁闷。您理解吗?"

"当然。"

"我们明天见?"

"一言为定。"

"我要去车里吃一点东西,然后我要沿河散步去。"

她轻抚他的额头,祝他好胃口,祝他散步愉快,然后回到其他人那里一起步行沿着大路远去。

为了避免蒸汽损坏书籍,他打开车顶天窗,然后给自己做了意大利面。甜点他吃了饼干蘸苹果酱,然后他立刻去了河滩上。他刚刚朝市中心方向走了五分钟左右,一大片雾就裹住了他。他继续走了一会儿,保持脚步踩着上一波潮水留下的褐藻往前走,但是很快湿雾透骨,他重新回到路上。

他看到一盏路灯下有个电话亭,忽然很想和杰克通话。旋开门,投入币,拨通了他朋友的电话。他听到电话另一端响了两声。

"喂?"一个声音说。

这是瑞秋的声音。

"晚上好,"他说,"我是'司机'。"

"晚上好。你在哪里?"

"我在拉玛尔贝。杰克在吗?"

"不在,他在北岸呢。他留了个条儿说他要去贝科莫。他想去为一部小说找素材。"

"他告诉你哪天他会到贝科莫吗?"

"没有,他没说。你知道他的……我旅行回来才看到他留的字条。"

"我明白。"他说。

"你想给他留个口信吗?"

"不必了。"

"好的。夏季巡回怎么样?"

"很好。你和印第安人相处,还好吗?"

"还不错。"她说。

"好……那你保重!"

"你也一样!"

他挂了电话,潮湿让他微微发抖,他又在路边散起步来。过了几分钟,他看到玛丽跟他说过的那家咖啡馆的蓝色霓虹灯在闪烁。

他推开门的那一刻,唱片播放机那过于响亮的音乐声袭来,但是因为这是埃尔维斯①的一首老歌《幸运符》,他还是进去了。所有的长凳都被乐队的人占满了。他打了个含糊的手势,可以理解成给所有人打招呼的手势,包括坐在斯利姆对面的玛丽。他在柜台旁边第一个搁脚凳上坐下。

音乐停了。斯利姆站起来邀请"司机"坐到他的位子上去。

---

① 埃尔维斯·普雷斯利(Elvis Presley,1935—1977),美国音乐家和演员,别名"猫王",被视为20世纪的文化标志性人物之一,常被尊称为"摇滚乐之王"。

"我不想打扰你们。""司机"低声说。

"不打扰,"斯利姆握着他的手说,"我们已经说完了。"

"谢谢。"

"我们聊了将来的事情。"玛丽说。她正叠起一张魁北克公路地图。

斯利姆转身离开他们去坐在另外一张长椅上,那里坐着美乐蒂和养黑狗的男人和女人。

"那么……散步怎么样?"玛丽问。

"有点冷,因为雾大。"他搓着手说。

她把自己的手捂在他手上,给他取暖。女服务员来点单的时候她抽出手去。他们点了热巧克力。他们东拉西扯地谈着话,直到服务员端来两杯热气蒸腾的饮品。巧克力特别好喝,一向话不多的"司机"说起了他以前在法国的旅行。他那时买了一辆旧卡车,乘着它去了三个地方:巴黎、罗纳河上的图尔农、吉伦特河口的韦尔东①。

"您喜欢巴黎吗?"她问。

"非常喜欢。我感到巴黎似乎就是我家,因为我读过

---

① 韦尔东(Verdon)是法国吉伦特省靠近北大西洋的一个市镇。

海明威的那本《流动的盛宴》。您读过吗?"

"当然。"她说。

他摇摇头低声笑了。

"我能跟您说点事儿吗?"他问。

"当然行。"

"您说起话来跟我一模一样。您也说'当然'……'当然行'。您读的书跟我一样……我们两人怎么相像到如此地步,您和我?"

"我也不知道。"她笑着说。他看到她灰蓝色的眼睛深处燃起了一丝光亮。

"好了,我已经不知道刚才在说什么了。"他说。

"您说到海明威和巴黎。"

"哦对……一到巴黎,我就去了海明威生活过的那些地方。我拿着他的书,走着他走过的路:我从勒莫万主教大街①一直走到壕沟外护墙,我从先贤祠广场穿过,我在圣米歇尔大道上漫步,然后我斜向奥德翁小街走去,好像他那样进入莎士比亚书店。可是……您猜怎么着?"

---

① 勒莫万主教大街位于巴黎五区。

"怎么?"玛丽说。

"嘿,所有这些地方,尤其是壕沟外护墙广场,都比我梦里的样子美。我想说,因为读了《流动的盛宴》,我满脑子都是美丽的景象,但是最后真情实景远远超出了我曾经的想象。唯一例外的,只有莎士比亚书店。"

"没有那么美?"

"不是,它搬家了。它不在奥德翁街上了。找了它好久,最终我在塞纳河畔的比时利街上找到了。在巴黎圣母院对面我拍了一张照片,夜色将至……"

"是图书车里的那张照片吗,洗碗槽上那张?"

"是的。"

"我很喜欢那张照片,"她说,"夜是蓝色的,书店里面灯火通明,让人有种印象,好像这金色的光芒来自书……好像这些书自己会发光。"

"这一言不差正是我想说的,我本来还想用同样的词句说的。我发誓。"

"我相信您。"她边说边把手放在心脏位置。

趁热巧克力没变凉,他们喝了一大口,然后陷入长久的寂静,有点吓到似的对视着。最后,他问:

十一 拉玛尔贝的一家好咖啡馆

"您知道我在想什么吗?"

"不知道。"她说。

"我想到海明威书里的另外一章,那章名为'圣米歇尔广场的一家好咖啡馆'。作家在咖啡店里,他为了取暖,一边喝着圣詹姆斯朗姆酒一边写着一个故事。一位年轻女子坐在角落。他觉得她很美,他继续书写自己的故事,感觉到惬意……您记得吗?"

"当然。"

"此刻,好像我们两个人都在海明威的书里。"他说。

她点点头表示赞同,然后两人一起喝了各自剩下的巧克力,也是最后一口了,总是有点苦涩。

十二

香芹港[①]

他开向香芹港。玛丽和他在一起,但是她不会陪着他一直到那里:他们已经说好,图书车会在通往村庄的大路分叉处停下,她重新上校车,因为她乐队的朋友们想要去塔杜萨克[②],那里可以坐船郊游去看鲸鱼。

因为晨雾不肯散去,他们看不到河水,但是他们看到路边的田野上、沟渠里遍布的柳叶菜散布出的紫色点点。

[①] 香芹港是位于拉玛尔贝东北方向、圣劳伦斯河畔的一处港口。

[②] 塔杜萨克(Tadoussac)是魁北克省的城市,位于萨格奈河汇入圣劳伦斯河的地方,圣劳伦斯河北岸,魁北克市以北190公里处。是加拿大历史最悠久的城镇,可以追溯到1599年。是魁北克著名的旅游城市,是观赏鲸鱼的好地方。这里也是世界上为数不多的能同时观赏到蓝鲸、白鲸、座头鲸和脊鳍鲸的海域。

从玛丽刚刚发现的《劳伦斯河植物志》上查了一下,他们得知这些花更确切地说是品红色。

玛丽打开放在她膝盖上的玛丽-维克托安①修士的这本书,翻着书页,观看插图,偶尔读一些句子。

"这本书很美,写得也很好,"她说,"还能看看他的其他作品吗?"

"能,"他说,"我读过一篇讲北岸的文章。是在一本名叫什么的作者的书里的……等等,这本书名叫……"

但是他在记忆里白搜索了半天,既没能记起来书名,也记不起作者名。这种情况对他越来越常见,让他不耐烦了。

"书在图书室,"他说,"替我把着方向盘,我去找这本书。"

她赶忙放下《劳伦斯河植物志》,手扶方向盘,因为他已经离开位子去图书室了。她不失镇定地坐下,踩着油门,纠正了汽车突然的偏航。幸运的是,路差不多是直的。他没有意识到危险,自豪地带着书回来了,是勒内·

---

① 玛丽-维克托安(Marie-Victorin, 1885—1944),加拿大植物学家、修士、作家。

贝朗热①主教的《文学中的北岸》。

"听听这个美不美。"他说。

坐定了,他开始读了,非常缓慢地:

> 地球强有力的肌肉组织,被去了皮,经过无数个世纪颇具耐心的活动,裸露出来;粉红花岗岩的前额上只刻画着浅灰色的苔藓眉毛,倔强的前额抵挡着冰冷的蓝色大海从外海不知疲倦地带来的白羊军团;极其灿烂的天空刮着大西洋寒冷的微风或北极冻原吹来的充满苦涩香气的陆风;不可胜数的鸟儿在大海上那取之不尽的活鱼舱里贪婪地啄食,又斜刺里飞回悬崖峭壁,组成让人头昏脑涨的极其尖锐的交响乐;最后,地平线后面没有起伏的无垠的沙漠,它朝着空旷的北方逃去:恰好就是那里,好像对于一个登上渔船、好多天来密切关注的游客来说,北岸形象的主要线条就是这漫长的无尽河岸。

---

① 勒内·贝朗热(René Bélanger, 1908—2000),加拿大历史学家、作家,曾任主教。他创建了非营利性的北岸历史协会,旨在保护和宣传北岸的历史文化。

"太美了，"玛丽确认道，"这让人都生出去那里的欲望了。"

"您很快就到那里了：可以说北岸始于塔杜萨克。"

他把书和《植物志》放在仪表板上，没什么明显的原因，他自我封闭了，突然变得沉默，忧郁起来。玛丽感觉到了：

"您不读了吗？"

"我不想读了。"

"您想回来开车吗？"

"不想。"

"您想让我给您讲点什么吗？"

"是。"

"我给您讲讲乐队的开始，好吗？"

"好的。"

玛丽开得很好。138号公路有些地方弯弯曲曲，高低不平，但她转弯或者上下坡的时候将变速杆使得很灵巧，而且她还能完美地一边开车一边讲话，甚至在沿着河岸的凹凸处前进的时候能瞄一眼河流。

她居住的图尔农地区，一切都开始于十几个老朋友

(一个木器工、一个弦乐器商人、一个摄影师、一个乐师、一个管子工、一个建筑师、一个机械师……)抱怨金钱在他们的生活中占了首位。他们周围的人都只关心财务问题,他们自己呢,也没注意,就落入了同样的境地。

为了反抗,他们组了乐队。演奏乐器的人把这种乐器的入门知识教给其他人。他们每周相聚玩音乐。一次晚会中,他们遇到了斯利姆,他紧接着加入他们,和一些人交流了对杂耍的兴趣。美乐蒂是最后一个来的,为这个团队带来了新的飞跃。

"您自己呢?"他问,"您忘了说自己……"

"我?我没有做什么特别的事。我从不会演奏乐器,除了响板和铃鼓……"

"和什么?"

"铃鼓。就是一块木头,周边有很多小铃铛,也叫作小手鼓。"

"啊,是这样。但是您怎么成了团体的领导呢?"

玛丽减下图书车的速度,要穿过一个迷失在雾气中名为圣菲黛尔的村镇。

"我并不真算是领导。我只是有一所起居室非常大的房子,他们就习惯到我家来玩。渐渐地,我就负责起设备事宜了。确实应该有人管这个,尤其当他们去巡回演出的时候。"

"那猫呢?你们演奏音乐的时候,它们不怕吗?"

"怕,"她说,"它们爬上楼梯,躲在工具棚里面,不过慢慢地也就习惯了。"

"抱歉,"他说,"您刚才说到巡回演出……"

"对。一开始,我们只去附近的一些市镇表演,然后我们有了信心,有一天弄了一辆旧公交车,和这辆校车很像,只是小一些,是绿色的。我们把它整了整,装饰一番,接着去了好几个国家演出:荷兰、比利时、瑞士、意大利、西班牙……"

"也就是说乐师们离开了他们原先的工作?"

"当然。"

"您也是吗?"

"我啊,情况略有不同。出行的时候,我总是带着本子和铅笔:这样我就可以画草图了。这次,我还带着三脚架双筒望远镜呢。我很快就要用得上这个了……九月初回法国时我不能太生疏,因为还有一份合同等着我呢。"

"合同?"他重复道,声音中有种情不自禁的不确定。

"不是签订的合同,而是和一家杂志的合同方案。"

"您……非常知名吗?"他搜肠刮肚地找合适的词。

"不是,"她笑着说,"我对于喜好鸟类的一些人来说有点名气。"

"对您来说这就够了吗?"

"是啊。那您呢?"

"什么?"他说。

"您有名吗?"

"不。仅仅对于喜好书籍的人来说算是。"

"对您来说这适合吗?"

他耸耸肩,努力思考着。一块路牌显示香芹港快到了。

"适合我的,"他说,"应该是……时间停止。"

她向他伸出手去,但是已经到了通往村镇的路了,她立刻向右拐,把车停在离路较远的位置,差不多一半停在路肩上,因为有雾,她打了指示灯。

"我希望雾快散掉,"她说,"不然我们看不成鲸鱼了。不过我也不是很确定想不想去看:总而言之,最好别扰它们清净。"

"您这样想啊?"

"我想我更愿意留下来和您在一起。"

"如果您愿意可以留下来。"

"但我也不能总是把其他人撂在一边,您理解吗?"

"当然……嘿,现在有一点儿风了,我看到树叶在摇动。"

138号公路上发动机的声音让他们转过身去。这不是他们那辆车,而是一辆满载沙砾的巨型卡车。他们听着震耳欲聋的声音,这声音持续了好一会儿才消失,然后"司机"高声自语不知道有没有时间煮杯咖啡。他犹豫着,正当他起身去煮开水的时候,黄色校车到了,打着双跳停在大路上,恰好在岔路口后面。

玛丽赶快下车。

"再见!"她说。

"再见! 祝鲸鱼好运!"

"祝读者好运!"

他不安地用眼神追随着她。她上车的时候摆了一下手,车很快开远了。重新上路前,"司机"下车看了看车底下。没有猫在。他坐在方向盘前,发动汽车,缓缓开进香芹港。在这晨暮时光,雾气丝丝缕缕地飘散开,人们正静静地投入日常劳作。一个正忙着修理屋顶的男人看见他路过,忙向他打招呼。在百货店停下来补给了一些食物后,他重新上了弯弯曲曲的窄道向码头开去。

这里不过是微微前倾伸到一个小河湾中间的一小段堤岸,但是这地方让人觉得特别宁静闲适,所以"司机"总是迫不及待地回到这里。来的时候,他看到一位画家把画架摆在左边,于是把车停在另一边离画家最远的地方。他打开两扇后门,等着本地读者网络负责人或者其他读者。

雾正在散去,他看清了,码头右边有一艘帆船,还有几艘小船也在绿水上晃荡着,左边是一幅粉红岩石的景象,远处的背景里有一座白木屋和一间小教堂。这正是画家在画布上描绘的景致。

画家是一位皮肤黝黑的老年人。害怕破坏了他的专注,司机不敢下车,但是从一扇窗户可以看出他在画水彩画,而且他的手在颤抖。他决定假装玛丽在这里,他在和她说话。

"瞧,"他说,"您的同行……您喜欢他画的东西吗?"

"他画得很好。尤其是岩石部分:这块儿很难画呢。"

"是吗?"

"因为岩石形状多样,而且线条不明确。"

"确实。那么白木屋和小教堂,这些简单点吧?"

"当然。您看屋顶清晰地映衬在天空的碧蓝里。"

真的好像玛丽和他一起待在汽车里似的。他们低声交谈着,免得打扰到画家。

"我希望读者网络的负责人不要马上到。他的旧轻便摩托车噪音很大。"

"他平时是做什么工作的?"

"细木工。"

"这个读者网络进展顺利吗?"

"是的,很牢固。里边人不多,只有十一个人,但都是些忠实的读者。"

这时,画家的画作完工了。他洗了画刷,折好画架,把东西都收拾在一个土黄色的大包里。"司机"从车上下来跟他打招呼。画就靠在用来当护栏的木架上。

"祝贺您!""司机"说,"您画得很好。"

"噢!"画家说,"不值一提的小画。"

"还是画得很好,这天气都是雾呀什么的。"

"谢谢。"

老人把包斜挂在肩上。

"我迟点儿再来,"他说,"我有些东西要给您。"

没多说什么,他就慢慢地走远了,手里拎着画框顶。

"司机"从手套盒里拿出黑本子,坐在码头上仔细再看一遍香芹港的读者网络情况。雾已散尽,阳光灿烂而炎热。他看了好一会儿笔记,然后感到肚子空空的。他的表指向十二点半。因为没读者,他打算用刚买的葡萄干面包做个火腿三明治。他先喝了一杯蔬菜汁,正在把两片面包放在户外烤面包机里烤黄的时候,听到码头上的脚步声。是一个男孩和一个女孩,穿着彩色厚运动衫,手拉着手走来了。

他并不认得他们,而且他们的长相也和黑本子里描述的读者网络成员中任何一个都不一样。可能他们属于这种,在他的脑子里,被称作单个读者的人。

他们走到跟前。

"我们能借书吗?"女孩问。

"可以啊,"他说,"稍等一下。"

他们两个都十六七岁,都留着长长的晕着光辉的金发。他们美得惊人。"司机"拿出两片面包,尽管只有一面烤黄了,他还是给它们涂上黄油,在中间夹了一片火腿;火腿有点鼓出来了,但是他没时间管了。他从冰箱里拿出一听加拿大干姜苏打汽水①,把脏盘子堆在水槽里,把书架放回原位,挡住了厨房一角。

"好了,"他说,"你们选吧。"他拿着还热乎的三明治和那听苏打水从车上下去了。为了不打扰他们,他去坐在了码头最靠边的地方。

他津津有味地边吃边看船只往来,还把面包块扔给在他头顶上翱翔的海鸥。他刚吃完午餐,两个年轻人就来找他,把选好的书展示给他看。两本很严肃的书:于贝尔·雷弗②的《天空的耐心》和瑞内·勒维克③的《魁北克的选择》。他们想知道看完以后怎么把书还回图书馆。司机解

---

① 加拿大干姜苏打汽水是一种姜汁无酒精饮料,带浅咖啡色,味道温和,较同类饮品更易入口,是颇受欢迎的饮品。
② 于贝尔·雷弗(Hubert Reeves, 1932—),出生于蒙特利尔。美国国家航空航天局的科学顾问。1965年之后他常住法国,在法国科学院从事研究工作。
③ 瑞内·勒维克(René Lévesque, 1922—1987),记者,曾任第23届魁北克省省长。他是第一个试图通过公民投票决定魁北克独立的魁北克政治人物。

释说他们只需把书寄到魁北克文化部就行。他请他们喝点东西，但是他们赶时间，带着书回去了，依旧手拉手。很快他们就成了一个跳动的彩色点子，在堤岸蜿蜒的道路上时隐时现。

整个下午，"司机"招待了好些个单个读者，有些是镇上的人，有些是游客。虽然他不怎么喜欢后者，但也努力做到了礼貌而平等地对待每个人。读者网络负责人在细木工场没有什么活儿要干，将近三点钟骑着噼啪作响的轻便摩托车来了。他对带来的书极尽赞美之词。"司机"旁敲侧击地问了些问题，得知这个小读者网络一切正常。他让细木工自己选些新书，和他喝了一杯啤酒。他既坚持要完成任务，又重视习俗，还注重一点儿也不让别人看到他有任何担忧。

傍晚时分，时间好像也放慢了脚步，他独坐在车后部，看到画水彩画的人来了。双臂抱满了书。

"再次日安！""司机"说。

"我给您带来了这些。"画家说。

他走近，把那堆书放在车厢地板上。就扫了一眼，"司机"看到了好几个认得的书名。

"您把它们都借给我吗?"他问。

"不,我把它们都送给您。我不需要了。"

"不过……您确定吗?"

"确定。我病了……况且我还没孩子。"

"司机"一本一本仔细查看书籍。几乎难以置信:眼下这些书,除了几本例外,都是滋养了他的青春时代让他沉醉其中的书。有《鲁滨逊漂流记》《小王子》《流筏工师傅莫诺》①《巡逻队里的陌生人》②,还有一本《青少年百科全书》的样书、《最后的莫希干人》③《珍宝岛》④和其他一些老版书,其中就有《劳伦斯河植物志》。

"现在,我该走啦。"画家说。

"司机"久久地目送远走的画家,他看起来很疲惫,背

---

① 《流筏工师傅莫诺》(*Menaud, maître-draveur*)是加拿大作家菲利克斯-安托万·萨瓦尔(Félix-Antoine Savard,1896—1982)的作品。
② 《巡逻队里的陌生人》(*L'Étranger dans la patrouille*)是法国作家让-克劳德·阿兰(Jean-Claude Alain,1916—2009)的作品。
③ 《最后的莫希干人》(*Le Dernier des Mohicans*)是美国小说家库柏(James Fenimore Cooper,1789—1851)的作品,把美国的历史与现实通过哥特式的景致和手法表现出来,向读者展示了土著印第安人的悲惨命运。
④ 《珍宝岛》(*L'île au trésor*)是英国作家罗伯特·路易斯·史蒂文森(Robert Louis Stevenson,1850—1894)的作品。

有点儿驼着。他显得这么苍老……然而,根据他留下的书,两人年纪应该差不多。情绪激动之下,他又恢复了和玛丽的谈话。

"您看见了吗?"他问,"和我小时候看的书一模一样!我看起来和这个人一样苍老吗?"

"不是呀。"她说。

"还有一本《劳伦斯河植物志》。"

"您真幸运。"

"您这么觉得?……那我送给您吧。它是您的了。"

"非常感谢,"她说,"我想不出还有什么更珍贵的礼物了。就好像您把魁北克所有的花一下子都送给我了呢。"

他有点忧伤地笑了,把书整理好又回去一个人坐在码头最靠边的地方。

十三

书的光辉

到达萨格奈河口的时候,他老远就看到轮渡已经停靠在码头了;他加速前进,图书车刚巧及时上船。就像以往的巡回一样,他向弧度优美圆润的山峦致意,山脚下流淌着大河那黢黑跳跃的水流。他倾听船马达的轰鸣声,这沉闷而节奏鲜明的声响总让他想起人类的心跳声。突然,船行半道上,他向塔杜萨克望去时,看到了码头区里黄色的校车,他自己的心也跳得愈发响了。

在河的另一边岸上,他犹豫少顷,试图看看乐师们是否都在场,然后把车停在校车旁边。玛丽坐在一扇窗前,看样子做什么事情正入迷。她抬头对他一笑,意思是请他进去。他松了一口气:她一个人在。

"有蚊子,我要把门关上吗?"他进来时问。

她点头同意。正值八月初,并没有太多蚊子,但是关上老校车的空气压缩门,对于他和对于乐队成员们一样,都是让人感到很满意的事。他坐在驾驶位置,一只手紧紧握住操控折叠门的手柄,他把手柄向自己方向拉近,门在关闭的时候发出典型的"扑哧"声。

"来坐下吧。"玛丽说。

她弯腰坐在一大堆信笺上,戴着精致的蓝边眼镜,更彰显了她温柔而庄重的气质。他坐在了她对面。

"我打扰您吗?"他说。

"不会,我就弄完了。"

她还是写了几句,签上名字。

"我是个倒着看字的专家,"他说,还大声读出来,"我紧紧地拥您在心上。"

她撕下纸张折叠起来塞在一个信封里,然后写上地址。

"我在给我父母写信。"她说着给信封盖上封印。

"啊……您父母还健在?"

"是。"

她细细盯着他看,他无须解释自己的父母已经过世。她要请他喝咖啡;他同意了,她起身拉开厨房窗帘。乐队的人在金属杆上装了一套简单的滑轨式窗帘,把空间分成好几个区域:厨房、卧室,还有客厅。

咖啡已齐备,她把杯子端到客厅放在桌上。

"谢谢,"他说,"那么鲸鱼你们看见了吗?"

"看到了,"她说,"太让人印象深刻了。其他人今天又回去了,他们希望看到蓝鲸。"

"您没去?"

"我要写信。而且我……我不希望您到的时候看到车里空空如也。"

"真是太贴心了。"他说。他长长地喝了一大口咖啡。"您煮的咖啡比我的要好!"

她伸出手去触摸他的胳膊,好像她经常如此似的,她又问道:

"您要在塔杜萨克停下来工作吗?"

"不,"他说,"我要去莱塞斯库曼①。"

"那不太远,对吧?"

"很近,但是路很难开,我不会太迟出发……你们呢?"

"我们,还要稍作停留,接着我们要去贝科莫。"

"是吗?……我也要去那里!每次巡回我都要在这个城市停下来给书的储备做个补给:到这儿差不多是半个行程了……而且可能杰克会在那里。"

"那么我们可能会再见……出发之前您愿意吃点东西吗?"

"我不知道。您的朋友们应该很快就回来了吧?"

"不会马上回来的。"

"那我吃一两块饼干吧。"

她去厨房给他找了一袋 LU 饼干。

"谢谢,"他说,"我想告诉您一件事,但是我找不到合适的词。"

"您慢慢来。"她说。

他吃了好几块饼干,看着河流和来来往往的旅游

---

① 莱塞斯库曼(Les Escoumins),北岸地区的一个镇。

船只。

"是这样,"他说,"您记得我们有一天晚上说的话吗,在奥尔良岛上,我们在瞭望塔上面的时候?"

"记得……"

"好吧,我没改变想法:苍老对我来说一点意思都没有。然而,我从来没有进行过这么美的巡回,这肯定是因为您。我总是迫不及待想见您。您不在的时候,我会想到您,我想念您;我甚至会跟您对话。"

"我和您完全是一样的。"她说。

"我问我自己,我是怎么没有您还能撑到现在的……这就是我想告诉您的。"

他们默然相望片刻,都为从彼此眼中看到的东西而欣喜。然后他说:

"您知道当我们在车里面的时候,你们的车让我想到什么吗?"

"不知道。"她说。

"这一排窗户,让我想到我小时候,我们那里的玻璃长廊。我就是在那里探索书籍的。这是一个很特别的地方。"

他描述说那个玻璃长廊两头都有书架,摆着藤椅,有一张小写字台、一排窗户,窗下是一条搁板,人可以在上面歇歇脚。冬天关闭,春天太阳够暖时重新开放。他的童年中相当一部分时间都是在这个光芒满溢的房子里读着书度过的,深陷在藤椅里,脚搭在搁板上。时光斗转星移,他读书的时候,太阳照亮了他,温暖了他,他的意识把光芒和书联系在了一起。

"这就是我长大后在巴黎的一个秋夜里,看到莎士比亚书店那从书里来而且散播到蓝色夜幕的金光时毫不讶异的原因了。这是对我儿时所知的印证。您懂吗?"

"我懂。"她说。

"我不该问您的,您总是懂得……这个世界上还有和您一样聪明的人吗?"

她一笑作答。他们再一次陷入宁静,时不时望向大河,看看乐师们是不是从游览中回来了。突然,他看了下时间,站了起来:

"我得走了。"

"那我祝您一路顺风,"她说,"当心点,别开太快。"

"我到了贝科莫,会到处找您的。"他说。

打开空气压缩门,他快步下车。他发动汽车马达时,一只很大的公猫窜掉了。

离开河岸,138号公路在山峦里匍匐前进,它奔下斜坡,绕过长湖、科罗世湖和戈贝尔湖,然后又爬上沙滩高原,跳进耕地河谷。它再次与大河相遇,穿过两条河流,最后到了莱塞斯库曼。

"司机"把车停在码头入口处。此地热闹非凡,因为有去往南岸特鲁瓦皮斯托勒①的船舶。读者大部分都是观光客和旅行者。他知道,这些人手中有一些书永远不会回到魁北克的,但是这不要紧:书不停地散步、旅行,这是能发生在它们身上最好的事情。而且,作为回报,总有一些意料之外的让人感动的读者,他们把自己的书当作礼物送给他……

读者网络负责人第二天才到。他是一位船只领航员,刚刚下班。他给途经莱塞斯库曼和魁北克之间的航道上超级吨位的大船领航。他的到访既简洁又热情。"司机"得知了一点读者网络的事情,确信读者网络坚固:每次领

---

① 特鲁瓦皮斯托勒是圣劳伦斯河南岸的小镇。

航员要工作而不能负责读者网络的时候(这是常事),他妻子就代替他操持书的事务。

他走了以后,"司机"又上路了。路紧贴着河边前行,穿过半打挤挤挨挨的村子。他在伊莱热雷米①停下来了。这座小村庄里读者网络的负责人是一位女邮政调度员。正如他所预料,她傍晚时才到,但是接下来也没有其他读者了。他不得不多停留了一天,但是也没有读者出现。第二天一早,他给车加满油,启程前往贝科莫。

---

① 伊莱热雷米是圣劳伦斯河北岸的小镇。

十四

费尼莫尔·库柏①的不朽名作

　　一到贝科莫,他立马去了图书馆,路上左顾右盼想看见黄色校车或者他朋友杰克的迷你大众汽车。却一个都没见着。弄回三箱子书以后,他漫无目的地在城里逛荡,突然看到杰克的汽车停在皮亚龙街上。

　　这辆旧大众车很好认,因为颜色是蓝黑的,车顶棚的有机玻璃天窗高高撑起。车身锈迹斑斑,凹凸不平,可以看到好几处用铆钉固定着的金属片。后窗上贴满了纳税

---

① 詹姆斯·费尼莫尔·库柏(James Fenimore Cooper,1789—1851),最早赢得国际声誉的美国作家之一。代表作有《拓荒者》《最后的莫希干人》等。

票证,证明他穿越了美国,从加斯佩到旧金山,再到基韦斯特①,路过黄石国家公园、约塞米蒂国家公园②、死亡谷、拉斯维加斯和科罗拉多大峡谷。

因为车窗紧闭,"司机"也看不到杰克是否在车里。他停好车去敲窗。没有回应。他想起来他的朋友写作的时候总是在耳朵里塞着耳塞,于是又更大力地敲了一次,还是没有反应。附近有一家平民基金所、一家餐馆、一个书店和一个食品杂货店。他从书店开始逐个拜访这些地方,但是杰克哪儿都没在。他在他的挡风玻璃上留了个条,就进餐馆等他了。

女招待给他端来一杯咖啡,他边喝边浏览着某个人忘在柜台的报纸。读完以后他饿了,点了一份烤奶酪面包、一份冰淇淋甜饼和第二份咖啡。他的表指向下午两点。他去了洗手间,回来时听到一首畅销排行榜里的歌曲,从一扇用天鹅绒帘子掩着的门传出。他掀开一半帘子,看到

---

① 基韦斯特(Key West)是美国佛罗里达群岛最南的一个岛屿和城市,也是美国本土最南端的城市。
② 约塞米蒂国家公园位于美国加利福尼亚州,是美国国家公园。1984 年被列入联合国教科文组织世界自然遗产名录。

一间光线很暗的房间,聚光灯照亮的小舞台周围有些桌子排成半圆。

他刚刚在最近的桌边坐下,歌曲戛然而止,换上了让人想到南方大海的夏威夷吉他曲。聚光灯的光线变成红色,一个女孩出现在舞台上。她扔下香烟,用金色高跟鞋踩碎它,然后开始跳舞,伴着节奏慵懒的音乐脱衣服。

脱衣舞娘跳得并不很好,她笨拙地左右摇摆着,但是她又有些极具特色的东西:一头丰盈的红发在聚光灯的光照下如火焰燃烧一般。当他的眼睛习惯了半明半暗以后,"司机"向四周打量。十几个男女观众散坐在桌子周围,大部分人不怎么在意跳舞的女孩;他们好像忙着互相讲笑话喝啤酒,甚至还有一对在玩掷骰子。

忽然,当他目光追随着女孩移向舞台另一侧的时候,他看到一个人在幽暗的光线中独坐在桌旁:是杰克。他在本子上写着什么东西,还时不时抬头朝女孩笑笑,女孩也回他一笑。

节目一结束,他就去找他朋友了。

"嘿!"他说,"你怎么样啊?"

"我很好。"杰克说,看见"司机"他丝毫不显得惊讶,继续在本子上写了一会儿。"你坐呀。"

"你记笔记呢?""司机"问。

"正如你所见。"

"那这是又开始写故事了?"

"我还没开始写,但故事已经在我脑子里了。现在是微不足道的小东西,藏在某个角落里,但是它会慢慢长大的。得给它点儿时间……在此期间,我随便干点什么。"

"是瑞秋告诉我说你会来贝科莫的。"

"瑞秋?"杰克问,"她好吗?"

他拉开椅子站了起来。每次别人在他面前提他妻子的名字,他就骤然忧虑起来。他去房间一端打了电话,然后笑盈盈地回来了。

"她很好。"他说。

他喝光了杯中物,擦了擦额头:他好像刚躲过一场大灾一样汗涔涔的。女招待过来了。就是那位艳丽红发的女孩。杰克给他们做了介绍,解释了"司机"工作的内容。

"说到底,你们两位做一样的工作。"她说。

"何出此言?""司机"问。

"可不嘛,你们都把书给人们。"

十四　费尼莫尔·库柏的不朽名作

杰克和"司机"对望着,先是目瞪口呆,继而兴高采烈。

"您的头发真美,""司机"说,"就像壁炉里一大团熊熊燃烧的火焰。"

"您过奖了……您喝点什么?"

"一杯啤酒。"杰克说。

"一杯咖啡。""司机"说。

女招待走了。

"那夏季巡回,怎么样?"杰克问。

"非常好,""司机"说,"有个乐队跟我一道走的。有乐师,还有杂技演员……我非常喜欢他们。尤其是一个女人……她叫玛丽。"

"是吗?"

"这个女人和我之间,有着罕见的相似。我们一般年纪,她就像我的复制品。我们差不多算是双胞胎了。发生在我身上的事情让我震惊不已:我原以为我的心早已沉睡了。"

"生活可由不得你我,"杰克说,"而且,要沉睡时间多得是。"

"噢!你知道的,这没那么简单。"

杰克在他的本子上写了几句。

"为什么呢?"他问。

"司机"努力向他解释,但是词不达意。他说:

"我说不成。我只找得到毫无意义的词汇。"

女招待来把啤酒和咖啡放在桌上。杰克还在本子上写东西的时候,"司机"把账结了。房间里太暗了,他没法倒着读出他写的东西:只有聚光灯淡红色的光线,这让他想到香烟的烟雾。然后他深吸一口气喝了一口咖啡。接着他说:

"你上一本书市场很好。很多读者都借的。"

"啊?"杰克说,"得!对我来说这可糟了!"

"为什么?"

"这又不是费尼莫尔·库柏的不朽名作!"

"司机"用两手举起咖啡杯想遮住微笑:这是杰克最喜欢说的话,他每一本小说出版之后,每当感到头脑中有新的想法在蠢蠢欲动的时候,他就开始厌恶自己刚写好的以及以前写的所有书,这时他总这么说。

"为什么他们不读读约翰·方特的书呢?"杰克越发激动地说,"显而易见,方特任何一本书里面的生命力都比我所有书合在一起的生命力强。和他的文字作品相比，我的东西简直陈旧不堪，像是从图坦卡蒙①坟墓里出来的……他们怎么不读理查德·福特②的书呢？……卡佛的书呢？……老海明威的书呢？……加布里埃勒·罗伊的书呢？……鲍里斯·维昂的书呢？……"

他一气呵成，把他所爱作家的名字都列了个遍。这个名单并不长。他意识到了，于是略带苦涩地说：

"你瞧，我的爱好并不广泛。"

"不是的，""司机"说，"只是你的爱好都很精准。"

"实际上，我并不爱文学。"

"你真这么想？"

"我唯一的最爱，就是我刚刚写在本子上的句子。明天早上，我重读到它的时候，可能就不再爱它了。"

接着，他大笑起来，笑得很有感染力，"司机"也笑了。红发女招待又送来他们并没有点的啤酒和咖啡，待在那里和他们一起笑了一会儿。

---

① 图坦卡蒙是古埃及新王国时期第十八王朝的一位法老。
② 理查德·福特（Richard Ford, 1944—　），美国小说家。他的长篇小说《独立日》曾经获得普利策奖。

但是很快,杰克就渐渐自我封闭起来,别人无法和他交谈。"司机"离开他,嘱咐女招待照顾着点儿他。他取下自己放在杰克挡风玻璃上的字条以后,继续向城里漫步而去,寻找校车。没找到,他去超市买了东西,然后正如他习惯的那样,在巡回的某个阶段,他要去露营地安置下来冲个澡,给自己提供一点舒适的享受。

露营地在路边,在去往曼尼古根陨石坑湖大坝①的路上。由于从早上开始就喝了许多杯咖啡,他很亢奋,把衣服洗了,把东西整理了,把人们还到镇图书馆的所有书摆放到书架上,打扫了汽车内部,冲了澡。费了这么多精力以后,他才觉得平静下来,稍觉困倦,去坐在湖边上。这天是星期五,露营地渐渐人满了。

接近晚上七点,他回到城里。路过皮亚龙街时,他看到杰克的迷你车还停在餐馆对面。他随机开上一条路,却因为道路施工兜兜转转好几圈,最后又回到之前买东西的

---

① 曼尼古根陨石坑位于加拿大北部,又名"魁北克之眼",是地球上已知最大的陨坑之一。大约在2.1亿年前三叠纪晚期,一颗直径3英里(5公里)的小行星撞上地球,产生一个直径62英里(100公里)的大洞。如今在该陨坑边缘处有一个绵延70公里的水电站水库。

商业中心附近。忽然他看到了停车场里面的校车,恰好在超市对面。

他找地方停车时,看到乐队的人正在表演。他们待在一个半月形的小广场上,这里是人们去商场正门的必经之路。一如既往,玛丽坐在第一排观众中间,而且虽然相隔甚远,他也能看出来她和观众一样开心。他没有离开车,就在那里观看了演出,演出总是那么滑稽可笑、简单明朗和热情洋溢。乐队周围并非人潮熙攘,而是一波一波人流,他们来来往往,稍作停留,在大礼帽里扔进一张纸币之后起身离开:收入似乎不错。

演出结束后,他克服了羞怯,去和玛丽以及乐师们打招呼,他们很高兴。他们越来越依恋北岸、北岸的人,以及这若非特别清爽的天气都看不到另一边的宽广的大河。在一家博物馆里,他们学到了当地历史的片段,他们震惊于拿破仑-亚历山大·科莫①在此地的功勋,贝科莫这个城市名字就来源于他。1886 年冬天科莫在这条河流上进行营救时的波折给他们留下了深刻的印象。斯利姆周围围

---

① 拿破仑-亚历山大·科莫(Napoléon – Alexandre Comeau, 1848—1923),加拿大魁北克省北岸区博物学家。

着玛丽、美乐蒂还有三四个乐师,开始给"司机"讲述这个故事。

一月的某天清晨,科莫和他兄长正在河上乘着小船猎海豹,这时风暴来临了。他刚回到陆地上,却突然发现另外一艘小船上有两个人马上要被冰块困住了。他毫不犹豫地去救他们,但两艘小船都被黏滞在一大团不时变幻的带冰巨浪中……

"这种让船不得前进、又没有坚固到能让人爬上去的冰块和水的混合物叫什么?"斯利姆问。

"叫悬浮冰晶。""司机"说。

"我正想到了,或许这是个您也熟悉的故事?"

"我?……哎,我也不确定。"

面对斯利姆和他朋友们高涨的热情,"司机"不敢坦言他在伊夫·提利奥特①所著的一本名为"北岸之王"的书里读过这段营救故事。杂技演员于是继续讲故事接下来的部分。

河上的风冰冷刺骨,四个人手脚都冻僵了。费了九牛

---

① 伊夫·提利奥特(Yves Thériault, 1915—1983),加拿大作家,代表作是反映魁北克土著民族生活的小说《阿嘎古克》(*Agaguk*, 1958)。

二虎之力他们才把两艘小船拉到一大块冰上,再把船侧着竖起来挡风。这时起,科莫就有把握了。他用短枪打死了几只在他们上方飞过的野鸭,把它们的毛塞在靴子和露指手套里,他们冻坏了。接着,因为他对潮汐和水流了如指掌,很快明白过来他们生存的唯一机会就是过河到达南岸。于是男人们上路了,他们在无冰水面上拼命划桨,在遇到冰块时拖拉推扯着两艘小船前进。科莫指给大家前进的方向,他给大家吃了野鸭肉,帮大家揉搓冻疮,为他们加油鼓劲,如此这般,两天两夜以后,虽然他们都精疲力竭,但是都平安无恙地落足在南岸临近圣安娜德蒙市①的土地上了。

乐师们聚集在斯利姆和"司机"身边,好像是他们在严寒的大冬天在河上度过了两天两夜一样,都向手指呼着气,互相在背上拍打。最后大家都散了,各归其位。"司机"留下来和斯利姆以及两位女士待在一起,他想知道什么时候能再见到玛丽。他得知乐队接下来第一站会在附近很近的地方,在米斯塔西尼河边,那里有个山洞,里面住

---

① 圣安娜德蒙市(Sainte-Anne-des-Monts),魁北克城市,地处圣劳伦斯河口的右岸,加拿大最东边。

着个隐修道士,遭遇过爱之伤痛,他终年以两只猫为伴,靠打猎、钓鱼和小菜园里的收成,过了许多年。接下来乐队打算到七岛港①和马里奥特纳姆②的印第安保留区去。

充其量,他只能四五天后在马里奥特纳姆见到玛丽了。他都没能告诉玛丽,他只会思念她来安慰自己,因为斯利姆和美乐蒂好像一刻都不想让她单独待着。

---

① 七岛港是魁北克北岸的河滨城市。
② 马里奥特纳姆是七岛港东部的河滨市镇,是印第安保留区。

十五

圣灵河镇①的女人们

"司机"刚刚到达特里尼泰湾②就下起了毛毛细雨。他心情忧郁,想和妹妹朱莉说话。他停在一间电话亭旁边。

"你在哪?"朱莉问。

"在一个河大得被称为'海'的地方。"

"在蒙岬角③?"

"还要远些,在特里尼泰湾。"

---

① 圣灵河镇是魁北克北岸的河滨村镇,隶属卡捷港,得名于在此地起源的圣灵河。
② 特里尼泰湾是贝科莫与卡捷港中间的一处河滨村镇。
③ 蒙岬角隶属北岸特里尼泰湾镇,但远在10公里之外,如今无人居住,此处因一个有历史纪念意义的灯塔而闻名。

"还好吗?"

"还行。"

"发生什么事了?"

"没事。我就是想听听你的声音。"

一阵简短的沉默。

"北岸什么天气?"她问。

"下雨呢,"他说,"博波尔呢?"

"一样。"

"你从窗户还能看见通往岛上的桥吗?"

"当然可以。"

"看起来如何?"

"一直那么美丽典雅。"

"谢谢,"他说,"吻你。"

"我也是。"

"吻你的脸颊和眼睛。"

"我一样。"她说,声音低了下来。

他挂了电话。上车的时候,他看到一只灰白相间的猫蹲在后轮之间。

"你在那里干什么呢?"他说,"我才来!"

十五 圣灵河镇的女人们

猫消失在沟渠里。他重新握好方向盘,要把车停在老港口那里。那里其实是个差不多被风暴毁了一半的河堤,但是每个村庄里的港口都是他最喜欢停靠的地方:这样他就能确保所有居民都看得见图书车。

然而读者网络负责人不住在镇上。他的工作是护林员,这要求他住在更偏北的一片广袤的野生动物保护区里,所以他大部分时间都在塔顶上,在那里仔细勘视云杉林,搜寻火灾的第一缕烟雾。他已通过电台提前得知图书车要来的消息,所以如果发生火灾的概率不大的话,他会开他的路虎揽胜来镇上。

下了这场雨,他肯定会来的,他晚上或者明天会来的。"司机"打开后门给上面架好聚乙烯遮雨棚,以保护嵌在门里的童书。他一早到现在都没有吃饭,所以给自己做了一份奶酪煎蛋和烤面包片。饭毕他听到了车下面传来喵喵叫的声音。他下车弯腰查看,在雨棚遮挡下,原来是刚到村子时看见的那只灰白相间的猫咪。

"又是你啊!"他说,"你怕是饿了吧?"

他把自己剩下的煎蛋给猫吃,又回到车上。下午时分,外海的风吹得加剧了雨势,眼看着雨棚会被掀翻。他决定关上门,但他首先拿一碗奶把猫引了进来。

"就像在你家一样啊,你自便。"他对它说。

猫视察了一圈汽车,然后回到奶碗旁边,半眯着眼睛喝奶,还溅出了几滴在地板上。"司机"坐在它旁边的地上,背靠着书,查看黑本子。特里尼泰湾镇的读者小网络新近才建起来,不太稳定。书流通得不太好,因为读者网络成员差不多也就包括一个印第安导游、一个设网捕兽猎人、一个生物学家、一个工程师,他们之间又见不上面。相反,由于印第安导游的关系,书经常出现在装备精良的游客的背包里,能够到美洲各处旅行。

这就是第二天一早到来的护林员告诉他的事情。

"缺两本书,"他一边从揽胜车里拿书一边说,"一本去路易斯安那州,一本去俄勒冈州了。"

"没关系。""司机"说。

"您不生气吗?"

"相反。您请进……您想来点咖啡吗?"

雨停了。猫一见到第一束日光就走了。

"好的。"护林员说,他抱着书上了车。"司机"给他盛上咖啡。这个人身上他很喜欢的一点就是,与大众读者不

十五 圣灵河镇的女人们

同,他尤其爱借诗集。他也会为读者网络成员拿些小说和自然类书籍,但是他自己的爱好一直指向魁北克诗歌。

这是一个神经质的小个子,瘦得像根钉子,过早地为愁思所疲累。他在政治上非常活跃,但是却挫折累累,后来就抛却了一切,不仅是工作还有妻子儿女,为了这份加拿大最北部的离群索居的职位。他希望大自然能治愈他心灵和身体上的创伤,而且为了碰碰运气,他也寄希望于诗歌。

喝完咖啡,护林员重新选了书,其中有张伯伦、布罗萨尔、隆尚、夏隆①、弗朗科尔、泰奥莱、博略②、达伍斯特③、于盖、德利尔、博索莱耶④、米龙、戴罗什⑤、柏若乐⑥和瓦尼

---

① 克劳德·夏隆(Claude Charron, 1946—),加拿大政治家、电视主持人。1983年出版自传《违令》。
② 阿兰·博略(Alain Beaulieu, 1962—),加拿大作家、魁北克拉瓦尔大学文学系教授,他为青少年写的小说《在东大门》于2005年问世,该书获2006年度魁北克市-魁北克国际图书沙龙奖中的青少年类奖。
③ 费尔南·达伍斯特(Fernand Daoust, 1926—),加拿大政治家和工联主义者,曾任魁北克劳工联盟副主席。
④ 克劳德·博索莱耶(Claude Beausoleil, 1948—),加拿大诗人,曾入围法兰西学术院诗歌奖。
⑤ 多米尼克·戴罗什(Dominic Desroches, 1971—),加拿大哲学教授。主要研究丹麦神学家、哲学家及作家祁克果的哲学思想。
⑥ 雅克·柏若乐(Jacques Brault, 1933—),加拿大诗人、小说家、评论家。代表作有《今晨的诗》《垂死》等。

耶①的文集。

"这次,我想我过分了,"他说,"我是不是选太多了?"

"不会。""司机"笑着让他放心。

"您笑什么?"

"没什么。"

"总之,我会尽力把它们都还回来,一本不少。"

"好的,但是您也别太费脑筋:书和猫是一样的,我们不能总把它们护在身边。"

"确实。"

"除去这些,您最近身体好吗?"

"不错。我吃得多了些。我的胃好多了。"

当确定护林员身体硬朗后,"司机"尽量了解了读者网络其他一些成员的新情况。最后,他问:

"您幸福吗?"

他常常问这个问题,但是直接回答的读者鲜少。

"我的忧虑少了。"护林员回答道。

"好极了。"他说。

---

① 德尼斯·瓦尼耶(Denis Vanier, 1949—2000),加拿大作家、诗人。16岁时出版作品集《我》。曾获加拿大魁北克蒙特利尔书作大奖。

读者网络负责人很快带着书告辞了,"司机"一个人待在码头上,等待着读者们不定时的到来。可是雨又下开了,整个上午一个人都没有出现,连灰白猫儿都没来。

下午,间隙的晴朗让他有机会打开后门。立时就看到两个孩子来了,小的挽着大孩子的胳膊肘,尽管他们穿的橘色雨衣把他们都完全遮住了,他还是认出他们了:他们每次巡回时都会选一些童话集或者连环画。而且,他们两个胳膊底下都夹着要归还的画册。

这次,孩子们选了加布里埃勒·罗伊的《西班牙女人和北京女人》,还有"司机"最喜欢的画册《猫咪港口》。

直到晚上,"司机"还深受这次到访的鼓舞,他重新上路,一直开到圣灵河镇,这里是到达七岛港之前最后一站。

在圣灵河镇,他破例没把车停在港口,而是去了一个矗立着一所大教堂的岬角,在不远处还有一个供奉圣安娜的小教堂。从这个高度,他可以俯瞰整个北岸地区他最喜欢的景致。这一景象待他回到南方还是会深存心底。这是一块微微向内弯曲的草木茂密的土质岬角,像是装在一个沙做的首饰盒里头一样,在海水和圣灵河水相遇之前,共享两种水流。然而这天晚上天太黑了,看不到景色。他啃了两三块饼干就睡了。

第二天早上,他被小嘴乌鸦们的呱呱叫声吵醒。他从窗子往外看时,忽觉这土质岬角被磨得纤细了,但这可能是涨潮的原因。

这个区域的读者网络负责人是女人,她一大早就会来料理小教堂的事务。她可能立刻就会来,所以他急匆匆地吃了饭。但是没看到她,这让他很惊讶,她一向非常守约的。下午也没等来她,他只接待了一些本村读者和几位游客。整晚上他都在一条长凳上待着,背斜靠着小教堂,欣赏着河水与退却的潮水混在一起。

第二天上午那女人还没来。下午也没有。他不得不出发了,便决定给她在小教堂里留一些书。他选了一些有可能她会喜欢、适合这个只有女性读者的读者网络的书,他把书放在一张祷告凳上。他从小教堂回来的时候看到她来了,穿着海军蓝的衣服,怀里抱着上一次巡回时选的书。

他迎向前去。

"您好,"他说,"我们差一点儿见不了面呢。"

十五 圣灵河镇的女人们

"我去参加葬礼了,"她说,"是我哥哥,他住在卡捷港①,今天下葬的。"

"啊!……"他说,黯然无语。"我……我对您的痛苦深表同情。"他结结巴巴地说。

"非常感谢。"

上这个斜坡让女人气喘吁吁。沉默地陪着她走了几步以后,他向她解释说已经按自己的想法把书都留在小教堂里了。

"我不希望圣灵河镇的女人们没书可读。"他说。

"谢谢。"

"不过……既然您来了,也许您更愿意自己选书?"

"不,没有必要。"

把她带来的书放在车上以后,他跟着她在通向小教堂的狭窄小道上走着。她进去就跪下,但是他没敢这么做。他有些慌乱,待在外面坐在前一天晚上他看着河水流入大海时坐过的条凳上。

他等了许久。他返回的时候透过窗户看见她依然跪

---

① 卡捷港是魁北克省北岸地区的一座城镇,坐落在圣劳伦斯河北岸,位于七岛港西南方向。

在祈祷凳上,旁边就是他放书的凳子。她双眼紧闭着。他没发出一点声音,悄悄走开了。他的下一站就是马里奥特纳姆,这个词在蒙塔格奈①语中意思是"玛丽的村庄"。

---

① 蒙塔格奈人是北美洲东北部游牧的印第安民族,传统上居住在与圣劳伦斯湾北部沿岸平行的大片森林地带。"蒙塔格奈"一词来自法语,意为山地居民。

十六

马里奥特纳姆

快到早上十一点钟时,"司机"进入了七岛港,他一过河就马上右转去了予阿莎露营地。并不是说他想在那里扎营,而是因为露营地由蒙塔格奈人经营,他觉得有机会在那里见到乐队。然而在营地大门口,看守人肯定地说既没有看到乐师或杂耍演员,也没有看到校车。

他重新上了反方向的路,在老邮局那里停了下来,这里是一处由栅栏围起的博物馆,再现了蒙塔格奈人和裘皮贸易的历史。这次一位穿着旧时代服装的导游告诉他说乐队前一天到来,在此处待了一整天,还问了许许多多关于印第安人的问题,当天晚上在七岛港演出了一番。因为他们对蒙塔格奈人特别感兴趣,很可能在马里奥特纳姆保留区。

一刻钟以后,"司机"到了保留区,在不过15公里开外的地方。这是一个宁静到甚至荒凉的村庄,地处一片多沙的土地,都是些粗灰泥涂层的简陋房子,整整齐齐地排在沥青道路旁边。校车很容易就看见了,停在主广场上,正对着一间红顶的白色大教堂,上面立着一顶滑稽的黑色罩子,权当钟楼了。乐队的人聚在汽车和教堂之间的空地上,正在十几个孩子好奇的眼神下检查他们的器具。

"司机"把图书车停在广场另一端,走了过来。玛丽在孩子们中间席地而坐,于是他上前加入其中。他把玛丽的肩膀扳向自己,非常轻柔地,因为她双臂环着一个蜷缩在她膝间的小姑娘。

"您好!"他低声说,以免扰乱她,"我好想您。"

"我也想您,"她说,"一切都好吗?"

"好。有几天读者不太多,但是他们总是有些特别的地方。而且读者网络负责人都特别忠实。"

又来了一些孩子,要么自己来,要么小的由姐姐抱着。他们的面庞都如同圆月一般,眼睛和头发都黑得像炭。在

十六 马里奥特纳姆

"司机"和玛丽周围,孩子们很快挤挤攘攘围成一个半圆坐在路面上。于是一个乐师取出口琴开始吹奏一首古老的曲子,美乐蒂正帮着斯利姆系绳子,也开口唱道:

当幸福的人、有钱人和大人物们
睡在丝绸或细布上
我们这些贱民,我们这些流浪人
我们听着人家唱星星催眠曲

没有掌声。孩子们一动不动,但是眼睛亮晶晶的,等着接下来的部分。一个杂耍演员拿着球,另一个拿着小木棍,他们在鼓声伴奏下上演了一出拿手戏。接着,美乐蒂又唱了第二首歌,乐队的其他人轮番去乐器室拿乐器,轮流表演把戏,展示了一场表演的所有元素,包括黑狗的把戏以及斯利姆在钢丝绳上的壮举。整个表演过程中不失平日已习惯的纯朴,也展现了一如在大批观众或者显赫人物面前的活跃劲头。

半下午的时候,玛丽和美乐蒂去保留区的一家食品杂货店买东西。店主一言不发地服务着,但是到了付款的时候,他一个劲摇头,让她们明白给孩子们的演出支付这些款项绰绰有余。而且他主动给货物里加了几盒茶叶、咖啡和烟草。

稍后,乐队的人决定回到七岛港,"司机"开着图书车陪他们一同去。他们想在这个地方多表演几场,好攒一点钱,要知道他们上一程因为道路不通,不得不采取了更为昂贵的交通方式。

当天晚上,在入口由七座岛屿守护的宽广的海湾对面,他们在公园里又表演了一场以后,"司机"想法子得知了他们的计划。目前,他们不想动:景色优美,天色湛蓝,万里无云,收入又很不错。他们都很愉快,除了第二天要早起去看打鱼归来由海鸥护送的捕虾船以外,没有别的计划。

"您有什么计划?"玛丽问。

"我啊,我要重新上路,很快要在一个我熟知的小地方停下,就在摩西河①边。"

"去那里工作吗?"

---

① 摩西河是马里奥特纳姆的一条南北向河流,流入圣劳伦斯河。

"不是,是我要休息一下,晒晒太阳。那是一个美丽的沙丘沙滩……夏天快结束了,凉爽的天气也不远了……"

"我觉得这是个好主意。"

她返身去找斯利姆,低声交谈了几句。然后,她提高声调,好像想要所有人都听到那样:

"人能在沙滩上睡觉吗?那儿。"她问。

"当然。"他说。

"那我想跟您一起去,如果您不嫌烦的话。"

"我一点都不会嫌烦的。"

她去找到睡袋,上了图书车。为了掩饰自己的窘态,"司机"拿着公路地图给斯利姆看那片沙滩的确切位置。他告诉他要留心:如果沙滩过软的话,汽车有可能陷入流沙,那样前去最好不要超过第一个沙丘。

离开七岛港之前,他在服务区停下加满了油,检查了图书车的机油水平,因为138号公路上的村庄越来越少了。

十七

星星的尘土

　　雨后的阳光使得沙地的表面更加坚硬,所以"司机"轻松地过了第一个沙丘。他让汽车自由地滑到河边,为了确保清净,他把车停在沙滩另一端。

　　吃饭以前,他们脱了凉鞋在河边暖乎乎的沙子上行走。他们身后有人在游泳,一架水上飞机停在浮桥码头上,一些人在垂钓,他们俩一直走到桥底下。回来的时候,玛丽示意"司机"看天空:

　　"有一只鹗鸟。"她说。

　　"一只什么?"

　　"一只鹗——鸟。以前人们叫作鱼鹰的。"

"在哪儿啊?"

"在天空翱翔呢……瞧我手指的方向。"

"哎呀是的,我看见它了!"

自从她试着给他看各种鸟以来,这是他第一次确实看见了一只。他饶有兴趣地瞅着它看,惊叹于它在河上湛蓝的天空中盘旋时的逍遥自在,几乎都没扇一下翅膀。

"这是一种掠食鸟,"她说,"奥杜邦曾经画了一幅它爪子里抓着一条鱼的画。"

"您是怎么认出它的?"

"它宽大的翅膀有点儿肘弯,身上有黑点,白肚皮。而且刚才我们来的时候看到它潜水的。它朝着河面俯冲下来……桥挡住了我的视线,看不见它了。"

"也许它在猎三文鱼:摩西河可是以三文鱼著称的。"

他们回到图书车。玛丽跟着上了车,帮他把书架移了位置,放好折叠桌椅。他把水倒进锅里,在水槽前停顿了一会儿,欣赏那张他们俩都很喜欢的莎士比亚书店的照片。

"我没有什么特别的东西好给您吃的,"他说,"您想吃面条吗?"

"我钟爱面条。"她说。

吃的是番茄浇汁菠菜面。她把盘子里吃得精光,还用面包团把剩下的汁蘸着吃完了。饭后他们把桌椅收到书架后面去,面对面坐在地上喝热巧克力。天色已晚,"司机"起身打开汽车照明灯。因为光会招蚊子,他把后门关了起来。

"大家都走了,"他朝外瞅了一眼说,"只剩下水上飞机了。"

"咱们可清净了。"她说。

"我很喜欢停在这里……在河与我之间,有一段悠长的爱恋。但是这无限延伸的水流,像大海一样,这么浩瀚,有时候也让我疲惫,我得在河边或湖边休息休息。"

"我懂。"

他们背靠着放回原位的书架,完全被书籍所包围:窗户和驾驶室入口是仅有的没摆放书的地方。

"好惬意啊,在您这里,"玛丽说,"就像一个小家一样。人会感到很安全,有书保护我们……而且,还有一扇朝向天空的窗户。"

他追随她的视线,看向天窗那里,但是因为照明灯几乎什么也看不见。

"说有书保护我们这是真的,"他说,"但是书籍的保护也无法恒久。有点像梦。总有一天,现实生活会追上我们。"

他喝了一口巧克力,忽然转换了话题。

"那个,"他说,"如果我没搞错的话,您的朋友们不想在公路尽头停下?他们想继续坐船去各个小村子,一直到布朗萨布隆①?"

"是的,"她说,"他们想乘诺迪克运通船②,但是不确定钱够不够。"

"不管怎么说,他们想去那里是对的:那里的景色比您迄今为止所见过的都更震撼。"

"更原始吗?"

"对。树木都是荒芜的,那里花岗岩居多。等一下……"

他把巧克力杯放在地上,站起来,找都没找,就从书架

---

① 布朗萨布隆(Blanc-Sablon)是魁北克最东边的镇。
② 诺迪克运通船来往于圣皮埃尔港和下北岸区的一些村庄之间。

上拿了一本书。是雅克·卡地亚①的日记。他走到照明灯下,翻了几页,读了出来:

> 这一岸的好土都不够一车之量。都是些粗粝的岩石块子:除了苔藓再无植物,树呢,都是些木头侏儒。说真的,看着这里,人们会以为这是上帝赐给该隐②的土地。

"他不怎么喜欢那里嘛。"玛丽评论道。

"您说得对。对他来说,因为缺乏绿植,这就是一片荒凉的景象……实际上,那里各处都颜色缤纷:花岗岩是粉色的,地衣是绿色或橘色的,苔藓上有斑驳的白色或红色小花。而且,您会看到的,村庄很美,村民都很好客。"

---

① 雅克·卡地亚(Jacques Cartier, 1491—1557),法国探险家、航海家。在法国国王弗朗索瓦一世的资助下一共进行了三次航行,为欧洲人开启了加拿大的大门,之后数百年间加拿大向欧洲输入了大量皮毛。他是第一位描述圣劳伦斯湾并描制地图的欧洲人,对圣劳伦斯河流域进行的考察也为新法兰西的创建奠定了基础。
② 该隐(Cain),圣经里亚当与夏娃的两个儿子之一。该隐为兄长,因为嫉妒弟弟而将其杀害,之后上帝惩罚他受到诅咒,要到处漂泊、逃亡。上帝叫土地不出产,该隐劳苦也得不到收获。此处说上帝赐给该隐的土地,指不毛之地。

十七 星星的尘土

他把书放回书架,回来坐到玛丽对面。她解释说:

"我很愿意去那里,出于您说的原因,也因为我想看到一些鸟,大海雀呀,大喙海鸭和水鸥等,但是我不知道有没有时间。要是不想错过飞机的话,我得尽快回到魁北克。"

她慢慢地喝了一口巧克力,然后没看他,语气不确定地说:

"您会在圣皮埃尔港①停留吗?"

"是的,但是我可能得回魁北克给部里做报告。"

"是吗?"

"您可以和我一起回魁北克,如果您觉得合适的话。我一般都从加斯佩经过。"

"我考虑一下,"她说,"非常感谢。"

她长长出了一口气……他看到一丝阴影闪过她的脸:类似于黑鸟展翅飞过。

"还好吗?"他问。

"是的,好点儿了。"

"您不太困吗?"

---

① 圣皮埃尔港是圣劳伦斯河滨港口,位于马里奥特纳姆以东,附近有敏甘群岛国家公园保留地。

"不困。怎么了?"

"我想让您跟我聊聊您的工作。告诉我您是怎么工作的,好吗?"

"我试试。"

沉思了一会儿,她说道:

"天青石蓝……赭石黄……钛白……土黄……茜素绯红……土焦棕色……读起来很美,对吧?"

"非常美。"

"这是用来渲染气氛的……现在,假设我要画个鱼鹰:首先我得找到它的窝,用双筒望远镜观察。我把所见都记下来:它白色的腹部,又长又弯的羽翼,翅膀也是白色的,但是上面有黑点,它弯勾的喙,它飞翔和潜水的姿势。我画好草图。接着我回家去……"

"……喂猫。"

"是啊,"她笑着说,"我也要考虑一个开始困扰我的问题。"

"什么问题?"

"我得给鱼鹰找个背景。我不会只画鱼鹰,我想让它融入一个让它出彩的景色。但是这景色我想不出来。我就到处找,在外面,散步的时候,但是我哪里都找不到。于是我放弃了……然后有一天,在海边,我在通往岩质悬崖的小路上走着,忽然被一团轻雾围住。这块雾中的悬崖,正在我对面,正是我苦苦追寻的景色!"

"真棒!"他说。

她停了一下,喝光了巧克力。

"接下来,您怎么做呢?"

"我会观察所有细节,让它们在我记忆里浸润,然后我就回家去……"

"……去画画?"

"不是马上。我先在一大幅画面里画上景色的所有元素:针叶树、阔叶树、崖壁、岩礁,还有那片雾中的大海。然后,我在透明纸上画好鱼鹰的草图,慢慢地把它放在大幅画面上,找个最合适的位置。找到位置以后,我就准备好了,可以开画了。"

她不言声儿了。她解说完毕了。

"谢谢,"他说,"您真是太好了,给我讲这些。"

"没什么的。"

"您还想来杯巧克力吗?LU牌饼干?"

"不要了。"她说。

"您乐意做什么呢?"

"我有点困了……我想我很快要睡了。"

她压下一个哈欠。

"司机"盯着她的时候,看见她头旁边有一本他非常喜欢的书,于贝尔·雷弗的《星星的尘土》。即便是在半明半暗中,他也能从某些细节认出这些书:要么是一袭色彩,要么是什么记号,要么是书名的大小。他站起来,把书架移开,背对着玛丽,把杯子放进水槽里。

"我能和您一起睡吗?"他问。

"当然。"她说。

"您有没有什么防蚊子和黑蝇的东西?"

"没有。"

他在驾驶室的手套盒里翻找一番,拿着一小瓶香茅精油回来了。玛丽依然坐着,胳膊抱着弓起的膝盖。他跪在她旁边,拧开瓶塞。

"很好闻。"她说。

他给指尖倒了一点液体,她闭着眼睛时,给她全脸轻轻涂着,在双颊多涂了一会儿;他在她耳后和脖间也涂上少许。她之后拿着小瓶子给他如法炮制。他们周身围裹着柠檬草的味道,拎着睡袋下了车,把睡袋并肩铺在沙地上,脱了鞋之后躺了进去。因为天气不是太热,他们把拉链一直拉到脸上。

河上传来水流和昆虫的簌簌声,但是他们渐渐习惯了,最后就听不到了。当体热把睡袋里面暖热了以后,他们脱下牛仔裤,卷起来当枕头。然后他们开始看星星。

"司机"对于星座的知识仅限于认得大熊星座、小熊星座以及两三个临近的星座,所以她教他如何从北极星开始,通过两颗星之间很长的路径找到海豚星座。他照着描了好几遍轨迹,确保自己记下来。

"谢谢。"他说。

沉默了一会儿,他转向她。

"您要睡了吗?"

"没有,"她小声说,"您在想什么?"

"想于贝尔·雷弗的书。您读过吗?"

"没有全读,"她说,"但是我对他的思路稍有了解。我们是宇宙的孩子……我们生存在一个迷失于空间里的星球之上……我们是由星星的尘土做的。这是您想到的吗?"

"是的。这让人印象深刻,而且非常美妙,但是……"

"但是什么?"

"我感觉不到联系,他所说的亲子关系。我想说,我没有一种归属于团体的感觉。实际上,我彻底感到孤独,独自一个人……您呢?"

她思考了一会儿。

"我觉得,"她说,"我是某种链条上的一段。就像您在读者网络中一样。"

他试图看清她是不是认真的,但是她把脸埋在睡袋里。他伸长胳膊,悄悄地抚摸她露在外面的灰色卷发。

十八

雷鸣河镇①

当校车出现在沙丘上时,"司机"向玛丽以及乐队的人道别,独自一人上路了。

他心情阴郁,心不在焉地行驶在一条几乎没有村庄的荒芜的道路上。现在,山坡上的云杉树矮了许多。大海是一片近似紫色的深蓝,延伸到目光可及之外。一个小时以后,他在曼妮渡河的瀑布前停下,活动活动腿脚,喝了一杯咖啡。接着,确保车底下没有猫以后,他驾车再走到雷鸣河镇,这是此次巡回的倒数第二站。

---

① 雷鸣河镇位于圣劳伦斯河北岸、七岛港与圣皮埃尔港之间。

他近中午时到了码头,潮退了,太阳虽然不再炽烈,但是照在皮肤上还是热热的。他很快吃好去沙滩上走了走,任图书车的门开着,留下一张字条:"请进去自便。我很快回来。签名:'司机'。"他沿着一面长满香豌豆的斜坡往下走,绕过一些布满苔藓的岩石,到了一处沙子柔软到可以光脚踩的地方,脱了凉鞋慢慢走远。他时不时回头看看有没有读者来。

读者网络负责人是一位渔夫的妻子。她在一家鱼类加工厂兼职。"司机"并不明确知晓她工作的组成部分:她第一次和他说起工厂的时候,他以为是把鱼加工成猫食的地方,而且后来他还是坚持这种想法。

最近几年,这里的读者网络让他倍感不安。渔夫的妻子很可能会被强制搬家,因为由于拖网渔船的竞争,她丈夫越来越难以通过钓鳕鱼获得收入了。他们两人都面临着要去住在圣皮埃尔港,在这个城镇,渔夫们可以找到工作,输送前去参观敏甘群岛①的游人。

走到海湾尽头,"司机"再次返身向码头走回。没有读

---

① 敏甘群岛国家公园保留地位于加拿大魁北克,创建于1984年。

者,隔这么远他也能判断出来。休息了一会儿,他走向沙滩,扫视着搜寻每次巡回都要探看的悬崖。他老远就认出来了。从外表上看,这块悬崖并无特别之处,除了它位置上远离其他岩礁,还有向左倾斜的事实。但是,等你走近,很容易就会发现他所寻找的东西:在一处能让人联想到肩窝的坑洼里,有一个微型花园,里面安放着一片苔藓、一个淡水池塘、丛生的地衣以及一簇蓝色鸢尾花。

下午,一辆由温尼贝格人驾驶的观光车停在了图书车附近。他们在寻找低北岸区一些村庄的地图和简介。"司机"只有一份自用的,所以给了他们一个圣皮埃尔港的地址,他们去那里可以找到这些东西。他们走了以后,渔夫的妻子骑着自行车来了,行李架上捆着一堆书。她四十来岁,和蔼可亲,身材圆胖丰满,穿着方格衬衫,袖子卷起,脚蹬一双直到膝盖的橡胶鞋,套在工作服裤子外面。

"您好吗?""司机"问。

"非常好,"她说,"您呢?"

"还不错。"

他下车与她握手。她的手比他的还粗大,面颊通红,眯缝着眼睛:每次看到她,他都觉得好像看到了她那位从未谋面的丈夫。

他帮她解开捆着书的绳子。

"渔业方面,"他问,"情况好一点了吗?"

"一点点吧,"她说,"我丈夫开始抓扇贝和雪蟹了。但这情况可不如以前的鳕鱼……"

"那肯定。"他说。

她把这堆书放在他怀里,上了图书车。他坐在汽车边沿,旁边堆着书,脚荡在空中,问了她一些问题,了解了解读者网络其他成员的近况。然后他不说话了,任她选书。

她走了以后,"司机"接待了几个单个读者。第二天又来了几个人。一天结束了,他谁也不用等了,却看见一个年轻姑娘背着背包来了。是西蒙娜。尽管她才二十多岁,他却认为她是整个北岸最爱读书的人。只隶属于渔夫妻子管理的读者网络对她来说是不够的,她得另外来找自己的书。

她敏捷地上了车,在折叠桌上把背包清空。里面装了十四本书,全是小说和中短篇小说。

"差一本。"她说。

她身量苗条,一双栗色的大眼睛显得很活泼,穿着超短的花连衣裙,萦绕着一股淡淡的香味。

"没关系的。"他说。

"是杰克·伦敦的《白牙》,我借给一个朋友了,她去了育空①河流域的道森②。我甚至不知道她会不会再回来。"

"我希望您会再见到您的女伴,但别为书的事烦心:我还有一册呢。"

"那就是说不那么要紧咯?"

"不要紧的。"

他以一种尽可能自然的语气问:

"书,您经常借出去吗?"

"很经常,"她说,"很糟糕吗?"

"相反,这很好。真的很好。"

"好极了!……我吓了一跳!"

她转了个圈,花裙子的边都飞起来了,开始看书架上的书。因为她习惯向他征求建议,所以他和她一起待在图书室里。他递给她一些书,她用瘦长有力的手接着,翻看

---

① 育空地区是加拿大三个地区之一,位于加拿大西北部,是以流经该地区的育空河来命名的。
② 道森是育空地区的一个城市。

几页,很快就决定好她是否要带走。

他觉得她差不多要选好的时候,就离开了一会儿,到驾驶室去了。他拿着手套盒里的黑本子,翻到写着雷鸣河镇读者网络的那一页,出于继任者方面的考虑,他写上备注:如果渔夫的妻子搬家去圣皮埃尔港的话,年轻的西蒙娜有替代她的必备资质。

她把头探进驾驶室入口的时候,他惊了一跳。

"不好意思!"她说。

"啊?……"他说道。他迅速合上本子。

"我选好了……我能拿一本手稿吗?"

"当然。"

他把本子放回原位,到座椅后面打开装退稿的箱子。在神经紧张的情势下,他错把装汽车工具和防火软管的箱子打开了。他嘴里咕哝着抱歉,赶紧把它合起来,忙着去打开另外一个箱子。而后他让她在那里挑手稿,自己回到了图书室。

她想要拿的书都在桌上,堆在带回来的那摊书旁边。当然,"司机"提了很多建议,所以选好的书大部分也是他最爱的书,都是像大河上的灯塔指引航行者一样照亮他生命的书。这一堆书包括《老人与海》《麦田里的守望者》《岁月的泡沫》《被吞噬者的吞噬》①《盖普眼中的世界》②《你好,加拉诺》③《大个子莫尔纳》④《在路上》《阿嘎古克》《你好,忧愁》和《给青年诗人的信》⑤。他还认出了艾尔莎·莫朗特⑥的《历史》、玛丽莲·弗兰奇⑦的《善良》、安德烈·马若尔⑧的新闻报道以及卡森·麦卡勒斯的《心是孤独的猎手》。总之这次有十五本书之多。

---

① 《被吞噬者的吞噬》(*L'Avalée des avalés*)是加拿大作家雷让·杜恰姆(Réjean Ducharme,1941—)的第一部著作,获 1966 年龚古尔文学奖。
② 《盖普眼中的世界》(*Le Monde selon Garp*)是美国小说家约翰·艾文(John Irving,1942—)的第四部小说。同名电影由美国演员罗宾·威廉姆斯(Robin Williams,1951—2014)主演。
③ 《你好,加拉诺》(*Salut Galarneau*)是加拿大作家雅克·戈德布(Jacques Godbout,1933—)的第三部小说,1970 年获总督奖。
④ 《大个子莫尔纳》(*Le Grand Meaulnes*)是法国作家阿兰-傅尼叶(Alain - Fournier,1886—1914)唯一的一本小说,被认为是法国文学经典。
⑤ 《给青年诗人的信》(*Lettres à un jeune poète*)是奥地利诗人赖内·马利亚·里尔克(Rainer Maria Rilke,1875—1926)的作品,辑录了里尔克写给渴望成为诗人的青年卡卜斯的十封信。信札是里尔克对创作的思考,更是对艰难、寂寞、爱等人生问题的解答和精神指导。
⑥ 艾尔莎·莫朗特(Elsa Morante,1912—1985),意大利女作家,代表作有《谎言与占卜》《亚瑟岛》《历史》等。
⑦ 玛丽莲·弗兰奇(Marilyn French,1929—2009),美国女作家、女权主义活动家。曾经凭借其处女作《女人们的房间》而被推上女权主义运动的领导地位,在女权主义运动中发挥了重要作用。
⑧ 安德烈·马若尔(André Major,1942—),加拿大作家、主持人、电台编导。

年轻女子从驾驶室带着两本手稿出来了。

"您能帮我选吗?"她问。

"不用,"他说,"两本都拿吧。"

"太好了! 多谢。"

她一分钟都没浪费,把书和手稿装进袋里,然后下了车。他跟着她帮忙把书包背好。

"谢谢,"她说,"再见!"

"阅读愉快!"

她腼腆地向他笑了一下,走了。他坐在踏板上,看着她背着鼓鼓囊囊的书包,穿着超短的花裙子在阳光中远去。她就是生命本身的形象。他久久地目送她,当她消失在村庄第一所房子后面时,他的眼神黯淡了下来。

十九

道路尽头

他晚上快七点时到了圣皮埃尔港,雾蒙蒙的,又凉快。他很期待看到玛丽,立刻去了港口,从这端慢慢扫视到另一端,然而校车并不在。他从车上下来,到一个名为"土豆之王"的拖车里买了个三明治和炸薯条。店员没有看到乐队的人。和他交谈中,"司机"得知空气凉爽是得益于许多进入海湾并出现在岸边、到处游荡的冰山。

吃完以后,他穿过城镇去露营地。在售票窗口,保安说没有看到校车,而且好些日子以前露营地都安排得满满当当的。于是他回到港口,找了个停车地儿,早早睡觉了。

在圣皮埃尔港并没有读者网络,但是"司机"和一位水上飞机驾驶员建立了友谊,他的工作是把游客和货品运送到低北岸区的许多地方去。天气好的时候,飞行员就把书放在行李舱里,带去自行分发给他在各个村庄里认识的读者。他为海湾航空公司工作,办公室在一个村子后面的湖上,人称"飞机湖"。

第二天他醒来时,很高兴地看到尽管天气依然凉快,但一阵西风驱散了雾气,穿透了云层。他很快穿好衣服,去了湖边。虽然是清早时分,航空公司的活动房后面已经停了不少汽车。"司机"认出了飞行员的奥兹摩比①汽车。引擎盖流线型的线条总能让他想起杜恰姆的《无法逃脱》一书中他最喜欢的句子:"闪闪发光的黑色引擎盖里似有鲨鱼和逆戟鲸一般,奥兹摩比车被它们带得横冲直撞,一头冲进了在橘色路灯灯光照耀下变了样子的大堆雪块。"

他朋友驾驶的水上飞机,是一架暗黄色的海狸轻型飞机,一条红线横贯整个机身长度,靠在一架木头浮桥边,桥上有半打人坐在行李上,穿着彩色的保暖衣服。

从活动房后面经过的时候,"司机"轻轻摁了一下喇

---

① 奥兹摩比是美国通用汽车的一个品牌。

叭,飞行员的脸在窗口出现了,他说只要一完成文牍工作肯定就会来的。为了能看到湖上最美的景色,他倒着车朝着湖边停了下来,然后打开两扇后门。

他正吃玉米片时,听到了低弱的马达声。一个黑点出现在地平线上并有规律地慢慢变大,声音也渐渐增强,一架蓝白色的赛斯纳①前来停落在湖中间。越靠近岸边,机器在水面上形成的波纹就越厉害,发动机停下以后,飞机慢慢滑到海狸轻型飞机停的浮码头隔壁的码头上。从飞机里走出三个男人,从他们的服装判断,应该是打鱼归来。这些人把行李装进一个小卡车,等他们走了以后,湖面又回归宁静。能听见一些声音:轻型飞机旅客的只言片语,忙于机修的机械师工具撞响的叮当声。但是这些丝毫不扰这片小湖的寂静,它差不多算圆形,周边一棵树都没有,完全淹没在一大片山月桂和矢车菊灌木丛中。

"司机"洗了碗盘,做了两人份的咖啡。他刚给自己倒好一杯,飞行员就来了,怀抱一大箱书。

"好香啊!"他说。

---

① 赛斯纳(Cessna)是一家位于美国堪萨斯州威奇托的飞机制造商。赛斯纳以制造小型通用飞机为主,包括小型双座单引擎飞机和商用喷气机。

"您好!""司机"说,"您想来一杯吗?"

"好嘞!多谢!"

飞行员把书箱放在汽车地板上,爬上车来。他身材高大,留着细长的胡须,一头光滑的金发向后梳拢着。他身上的碎裂纹皮裤和白色丝绸三角巾让人想到圣埃克苏佩里或者梅尔莫兹①,或者某个任务是夜里在南大西洋上飞到布宜诺斯艾利斯的航空邮运飞行员。

他接过"司机"递来的咖啡杯,连着喝了好几口。

"这下舒服多了!"他说,"旅途如何?"

"很好。"

"那……这老爷车,还撑得住?"

"是啊……""司机"说。他有点发抖,好像说的是他的年纪,而不是汽车的年龄。他没让人看出他的忧虑,开始从箱子里拿书,把它们堆放在桌上。

飞行员探身向外,观察那个在他水上飞机马达旁忙个不停的机械师。

"作为一架老飞机的构架,真是没说的。"

---

① 梅尔莫兹(Mermoz),法国著名飞行员,曾协助开辟了从法国到南美的邮运航线。

这个人看不出年龄,生性活泼热情,一直过着冒险的生涯。他曾经好几年夏天都开着森林灭火飞机在法国南部靠近马赛的地方,与因为天气干燥而爆发的森林大火搏斗。

他开始选书。由于他大声自忖,可以听出他每想到具体读者的时候,就暂时停选:纳塔什昆百货商店老板,拉罗曼①的蒙塔格奈导游,哈灵顿港的一位居家老妇人,圣奥古斯丁的小艇制造厂工人,布朗萨布隆医院的护士……

"司机"逐渐把书放入纸箱。箱子快满时,他提醒了飞行员,后者又拿了两三本小说。

"好了,"他说,"我觉得大家需要的应该都有了。"

"如果您还想要书,可以再装一箱子。""司机"说。

"足够足够了。还是谢谢您的建议。"

"是我应该感谢您:您扩大了我的工作维度。多亏了您,我的书才能到偏僻的村庄去温暖人们的心灵。"

"我很高兴能做这些事。"飞行员说。他自己把最后几

---

① 拉罗曼位于敏甘群岛以东,是印第安保留地。

本书放进箱子,交错盖好箱盖。"您呢?"他问,"您很快就回魁北克市区了吗?"

"我还要待一两天,""司机"说,"这次我不是一个人赶路的,而是有些朋友一起……他们应该很快就来了。"

他讲述了自己是怎么认识乐队的人的,说他们的长途旅行是和他同步进行的,一路上停下来演出。

"现在呢,"他又说,"他们想乘坐诺迪克运通船去参观低北岸区。条件是得有足够的钱……"

"船,是最省钱的,"飞行员说,"而且,如果他们资金不是很充足,可以中途在哪个村庄下船,回程再乘船嘛。"

"真是的,我以前从没想过这个。"

他们听到一阵脚步声,机械师出现在汽车尾部。

"油加满了,一切就绪。"他说。

"谢谢,"飞行员说,"您能通知游客登机就座吗?……我马上就来。"

机械师朝着水上飞机返回时,"司机"伸着脖子观察天空。天高云淡。

"您碰上好天气了。"他说。

"是啊,"飞行员说,"天不会太热,但至少不会有雾。"

他抚摸着木头桌子,突然,他问:

"您为什么不和您的朋友们一起乘船?"

"因为……他们也不是所有人都去。"

"噢?"

"不是的。有一个女人……她得回法国工作。她的飞机要从魁北克出发,所以……"

"所以您带她回魁北克。"

"是的。"

"路过加斯佩半岛?……"

"司机"笑而不答。他的微笑里有一丝悲伤,但飞行员并没有注意到。

"她怎么样?这个女人。"他问。

"她……很特别。她叫玛丽。"

"那么……"他刚开口,又停了,"我最好还是在说些蠢话之前离开。"他说完,把书箱抱在怀里。走下梯级以后,他转了身。"再见!"他说。

"保重啊!""司机"说。

"一路顺风!"

"您也一样!"

"祝您在玛丽那里交好运!"

随着白色三角巾在肩上飘动,飞行员朝飞机走去。他把书箱放进货仓,小心地关上仓门。他刚坐进驾驶舱,就戴上太阳镜,竖起大拇指,就像以往那样向"司机"致意。螺旋桨开始轰轰地旋转,使得岸边的旧图书车微微颤动起来,接着水上飞机慢慢从浮码头上飞起。飞机接下来加速,起飞,转向。

二十
告别乐队

诺迪克运通船马上就要出发了。月台上,斯利姆把玛丽搂在怀里,附在耳边低声说着什么。

她比他矮,把头靠在他肩上仔细聆听,双眼半闭着。过了一会儿,她轻柔地直起身开始跟他讲话。她竖起一只手指,好像嘱咐着什么,但每一个动作到最后都成了在他脸颊或头发上抚摸。

乐队的其他人都没管他们,而是在登上红白相间的船之前进行最后一次行李检查。"司机"站在一旁,同其他旅客一样,看着船上起重机把箱子、货柜甚至月台上的汽车吊起来,极其精确地放在船尾甲板上。他时不时一脸担忧地朝玛丽和斯利姆看过去。

乐队的人到圣皮埃尔港已经两天了。他们在七岛港的时候，天气很糟糕，他们没能攒到足够付船费的钱。但是他们一到这里，立刻在港口上表演，就在海运公司的大船旁边。公司的一位商务代表非常欣赏他们的表演，于是向他们提议，如果他们愿意在船上为旅客们表演以供娱乐的话，可以让他们免费往返。他们同意了。玛丽也告诉大家自己不能同往。

一声汽笛响起，这是船起航的标志。"司机"和乐师们在一起，祝他们旅途愉快，祝他们好运连连，并最后一次抚摸黑狗。玛丽也在他身边和大家告别，他听到她在问一个人有没有足够的保暖衣物，又问另一个有没有想着他的照相机，还问美乐蒂有没有带好她的翻领衫和抗嗓子疼的蜂蜜丸。说话的同时，她要么拉着一只手，要么轻抚哪个面颊，要么把胳膊搭在谁肩上，要么从哪个夹克上捻走一根线头。

乐师们一个接一个带着行李上了船，最后，舷梯下面只剩下歌唱演员、玛丽和斯利姆。可能玛丽的眼神里有什么无声的问题，因为斯利姆拉着她的胳膊，用坚定的语气说:"别再胡思乱想啦!"她又转向美乐蒂,亲吻她的两颊,久久地把她紧抱在怀里。而后歌唱演员和斯利姆与已经到了上层甲板的其他同仁会合在一起。

缆绳松开,诺迪克运通船离开了港口,激起了一些泡沫涡流。月台上,船甲板上的手挥动了多久,"司机"和玛丽就挥手作别回应了多久;他们觉得一切都结束了时,远方还有一只手在挥动。最后船只消失在地平线上,他们俩也因为空气寒冷而打起战来。差不多是早上八点钟。

"去煮杯咖啡怎么样?""司机"建议。

"好主意,"玛丽说,"但是得我来请您,因为校车已经在这里了。"

他们上了停靠在货棚旁边的校车,坐在"客厅"里的软垫长椅上。衣服摆得到处都是,桌上摆满了做午饭要用的餐具。咖啡还没煮好,他们就被旁边货棚的铁皮钢板反射过来的阳光照得暖呼呼了。

喝完咖啡,他们整理东西,玛丽从冰箱里把所有容易变质的食物都拿出来。她把自己的东西都理在一处,拉上窗帘,最后走的时候,扫视了一圈汽车内部。

"您可以再待一会儿,""司机"说,"我们不急。慢慢来……"

她耸耸肩膀,有点犹豫。他又说:

"我可以去给车加油,买好食品杂货,然后回来接您。您怎么说?"

"您想到这个真是贴心,"她说,"但是没必要。我给他们写个条子就行:他们回来时会有暖心的感觉。"

"同意。我先走,您等会儿再找我?"

"不……留下来吧!"她灰蓝色的眼睛里闪着温柔的光。"求您了,留下来。"她说。

他在她对面坐下,一言不发。她从行李中拿出一支笔和一个本子,从上面撕下一页方格纸,写上:"我心有一半和你们在一起。玛丽。"他反着看一点问题也没有。她把纸条放在桌子中间的烟灰缸下面。他先于她起身,最后一次启动开门的空气压缩机,他们带着食物袋子和行李下了车。他们已同斯利姆商定,把门锁好,把开门钥匙放在"土豆之王"。

他们到图书车那里时,两只年轻的虎斑猫已经在等着他们了。玛丽把食物放进冰箱,用一个汤盆喂猫喝牛奶。"司机"查看公路地图,计算经过加斯佩半岛回到魁北克得花多少时间,然后找到玛丽,她照旧坐在地上,背靠着书。这个姿势她感觉最好,好像书给了她能量,但是这个早上,她一脸疲惫,头轻轻左右摇摆。

"怎么啦?"他问。

"没什么大事,"她说,"我担心斯利姆。"

她不想多说。她的面庞渐渐舒展开来,还微微一笑。他坐在她身旁,手里拿着公路地图。她戴上眼镜,他用食指把路线指给她看:他们要退回到戈德布①,过河以后沿南岸走一个大环路最后到达魁北克。

"有时间把这些都做到吗?"她问。

"有啊,"他说,"甚至,我们可以在出发前休息休息呢,如果能让您觉得好点儿的话。"

"您呢? 您想做什么? 您想现在就走吗?"

他试图把公路地图折起来,但是他的手有点抖,摆弄了好几下才折好。

"我已经不太清楚我想要什么了,"他说,"以前清晰的一切都变得复杂了……我能请您做点事吗?"

---

① 戈德布是魁北克北岸区的一个镇。

"当然。"

"请您把腿伸直。"

她照他的要求做了。他在旁边躺下,把头枕在她的牛仔裤上,膝盖上方的位置。

"我就想这么待一会儿。"他闭上眼睛说。

二十一

鲸鱼的肚子

他们说是时间不紧,但是离开圣皮埃尔港时,某种无法抑制的东西使他们行驶得比平常更快。他们轮流开车,只在七岛港停下来吃了点东西,所以到戈德布的时候还不到晚上六点。

不过,最后一班船刚刚开走了。他们得等到第二天早晨,或者到贝科莫去,那里有一班夜里的渡船。他们选择等待,把图书车停放在河对面离码头最远的角落里,然后下了车。

太阳已经消失在山峦后面。这是九月的第一个星期,夏天已经到了尾巴,已经有些黄色或者橙红的斑点在云杉树的深绿色中间闪现了。

"您看到这些颜色了吗?"玛丽问。

"当然,""司机"说,"但是等着我们到魁北克地区吧,会更美的。"

"因为枫树?"

"是的。秋天来了……"

词句悬而未决。他本想随便说点什么把话说完的,但他无能为力。

"我有点儿冷。"玛丽说。

"您吃得不多,"他说,"得找点巧克力条什么的……那儿,有个自动售卖机。"

他头一转,指着码头对面一间给游人用的房子。他们在里面找到两个售卖机,一个卖巧克力和糖果,一个卖咖啡。还有洗手间、一部电话和一个窗户朝向河水的候船室。他们分开各自去了洗手间。

在他查看巧克力售卖机的时候,玛丽找到他。他问她想要什么。

"跟您一样。"她说。

"那就是奇巧巧克力了。"

二十一　鲸鱼的肚子

他投了一些硬币在机器里,取出两板巧克力。

"再来杯咖啡?"

"现在不要。"

候船室是空的。他们在窗口细看,能看出远处河上的白点子,那是渐渐变得模模糊糊的渡船,那部分还笼罩着阳光。

"我刚才看到我父亲了。"他说。

"是吗?"她说。

"我最近越来越常见到他,他都背朝着我看大河。有一次他在教堂台阶上不动,门都敞开着,他在往里面看。"

玛丽耐心地倾听,眼睛并没有离开河上残存的最后一点阳光。他不言语时,她说:

"我呢,是看见女儿。有时候,在人行道上她就走在我前面,等我赶上去却发现是别人。或者我老远看见她,她正和同伴们聊天,我靠近了却……"

她表示无能为力地耸耸肩膀,然后开始啃第一条奇巧巧克力。

"我都不知道您有个女儿。"他说。

"我有,"她说,"她在我心里拥有很特殊的位置。"

这句话把他逗笑了。她问他为什么笑。

"我想到一个场景……"他说,"您的心难不成分成好几间房,像一栋房子一样?……其中一间该不会是贴花墙纸、挂平纹细布窗帘、五斗柜上放一只长绒毛毛熊的小小房间?……"

"我不知道,"她被这番描述逗乐了,"不过,她现在是大姑娘了。她什么都能自己做了。"

"那您是已婚咯?"

"不是。"

"请原谅我,"他说,"我不会再问私人问题了。"

"没什么的。"她温言道。

他一脸内疚,回到自动售卖机那里,拿了两杯咖啡回来。

"注意,烫的!"

"谢谢。"

她小口啜吸着,然后坐在窗户对面。

"我寻思着他们到哪里了。"她说。

"您的朋友们吗?"

"是啊。"

他在她旁边坐下,看看表,想了一会儿。

"他们很快就要到纳塔什昆了。"

"已经要到这儿了?"

"如果您想的话,可以给他们打电话……图书车的手套盒里有个册子,上面标明了船到达各个村庄的时间,而且很容易找到游客们常去的那些地方的电话号码,比如百货商店、餐馆……"

他们的谈话不时被汽车气压刹车的嘶鸣声打断,这些拖挂车是夜里来停在码头上的。接下来的一分钟总是有人进候船室,朝洗手间走去。

玛丽喝了一口咖啡,把她的平底大口咖啡杯平稳地放在膝盖上。

"知道能联系到他们,这真让人放心。非常感谢。我晚点给他们打电话吧,最好现在别打扰他们。而且,他们肯定自己应付得很好。"

她的声音与所说的言语相比却不那么肯定。"司机"不由得关注起咖啡杯来,每当玛丽边说话边做手势或者转头看那些进入候船室的人时,咖啡杯的平衡就堪忧了。他说:

"最简单的做法,就是等他们回到圣皮埃尔港时给他们打电话。我的册子里有航运公司的电话。"

"那好极了。"她说。她抓住咖啡杯喝完了剩下的咖啡。"我暖和多了,您呢?"

"我也一样。"

"趁天没黑透,我们走一走吧?"

他们出去了。真奇怪,外面并不像他们在屋里想象的那么暗,而且路灯都还没开。他们在码头上走来走去,几辆大卡车鱼贯停在那里。他们俩开始聊一些他们都知道的人或者物:乐队、猫、"司机"的妹妹、莎士比亚书店、玛丽的父母、鸟类。最后他们聊到了杰克。

"他应该已经回到卢日海角了。""司机"说。

"我希望他的新书开始成形了。"玛丽说。她思虑了一会儿又说:"一想到他的书,我就想象出一位母亲肚里的婴儿。可能他听我这么说会嘲笑我……"

"我不觉得他会笑你,但是他肯定会说九个月写一本书是不可能的:得四五年才能步入正轨。"

"为什么?"

"我不知道。最早我开始巡回的时候,我常常去他那里问他许多问题。我那时想知道书都是怎么来到世界上的……嗨,对我来说这永远是个谜团了。人越老,对事情越不确定。"

玛丽没接话。他们静静地顺着那排大卡车走了一会儿,突然,他摇起头来,好像他的内心在激烈地争吵。

"衰老这回事,"他说,"我不想说的,但是既然我又开了头……我就得说两三件事,为我解释解释。以后,我不会再谈起了,这次说完。"

她示意自己准备好倾听了。

"我没病,"他说,"我的健康状况既不好也不坏,还行。年龄上嘛,我已不再青春年少,但我也还没成为小老头。我活得够久了,明白人们所说的黄金年龄、聪明才智、从容不迫……可这些全都不对。到我这个年纪,我却还没学到最重要的那些东西:生命的意义、好或坏……可以说我的经验归结为零。我夸张了点,但是差不多就这样,我发誓。更糟的是,我总是有跟小时候同样的恐惧、同样的渴望、同样的需求。当体能减退,将来再雪上加霜——这是不可避免的——这将是灾难,是衰败。这就是我不想活着的原因。我觉得没意思。瞧,说完了,我永远不会再说这些了。"

他情不自禁地烦躁不安,语调也僵硬了。为了求得谅解,他转换话题说:

"我打赌,我们还没走到图书车那儿,路灯就亮了。"

"赌什么?"她问。

他们处在靠近栈桥的码头另一端。

"一盘意面。"

"同意。"

他们迈着正常步伐,走到图书车旁边,还有时间又走了两三个来回,路灯才亮。"司机"去做意面。饭后,他们席地而坐,就像往常那样靠着书,在汽车照明灯的灯光下,喝着热巧克力聊着天。时间缓缓流淌。因为疲倦,玛丽的头有时靠在他肩上,他则发现玛丽身后有一本他最喜欢的书,《痛苦与魅力》,作者是加布里埃勒·罗伊,人名字母是淡紫色的,一如他们在北岸随处可见的柳叶菜。

图书室里魁北克作家的书并没有被特别置放在某处,都和其他书混在一起,你会看到肩并肩放在一起的是安娜·艾贝尔和海明威的书,或者雷蒙德·卡佛的书和洛克·嘉利叶①的书,鲍里斯·维昂和吉勒·维纽勒②的,皮埃尔·莫伦西和莫迪亚诺③的书在一起,大卫·古迪斯④和雅克·戈德布的书在一起,勒克莱齐奥⑤和菲利克斯·勒克莱尔的书码在一起。

玛丽没抑制住一个哈欠,打到一半用手背掩住了。他也机械地跟着打了哈欠,两人都笑了。

"我困死啦。"她说。

"白天开车太久了,"他说,"明天我们多停几次,您说呢?"

"行。对不起,我得回候船室去。"

"我也去。"

---

① 洛克·嘉利叶(Roch Carrier,1937—),加拿大小说家、剧作家、童书作家。代表作有《黑暗时代三部曲》《塔中和尚》等。
② 吉勒·维纽勒(Gilles Vigneault,1928—),加拿大诗人、创作歌手。
③ 帕特里克·莫迪亚诺(Patrick Modiano,1945—),法国作家,2014年获诺贝尔文学奖。代表作有《暗店街》《夜巡》等。
④ 大卫·古迪斯(David Goodis,1917—1967),美国黑色小说作家。其犯罪小说《逃狱雪冤》于1947年搬上银幕。
⑤ 勒克莱齐奥(Jean-Marie Gustave Le Clézio,1940—),法国作家,20世纪后半期法国新寓言派代表作家之一,也是现今法国文坛的领军人物之一,与莫迪亚诺、佩雷克并称"法兰西三星"。2008年获诺贝尔文学奖。代表作有《战争》《诉讼笔录》《流浪的星星》等。

他们各自拿了洗漱包出去了,在码头上越来越密集的卡车中间钻来钻去。候船室里,男男女女喝着咖啡讨论着高涨的生活成本。"司机"先洗漱完毕,去外面等玛丽。路灯粉色的光华让人看不见星星。

回去以后,图书车里有点冷,因为汽车天窗一直开着。"司机"关了天窗,为了让屋里暖和起来,他在一个镀锡铁皮盒里点燃酒精,铁皮盒本身被小心翼翼地放在一个更大的盒子里。他从滑轨上推动书架,玛丽帮他展开睡床。她在床边的一张绝缘垫上展开睡袋时,他又来帮她的忙。他们拉好后门和驾驶室的窗帘,而后"司机"关掉照明灯。脱衣服的时候,她也照他那样做,两人分别在各自的床上躺下。酒精燃着蓝色的火苗,轻盈地,舞动着。

"您冷吗?"他问。

"不冷。"她说。她还是把睡袋拉链拉上来了。

"您准备好入睡了吗?"

"是啊,您呢?"

"我也是。但是如果您睡不着或者您冷了,或者您需要什么东西的话……您明白吗?"

"明白。我也向您发出同样的邀请。"

她的声音已是昏沉欲睡的了。

"晚安。"他说。

"晚安。"

酒精燃烧了大约二十来分钟,在一排排书上映出些活动的影子,但是玛丽在这段时间之前已经睡熟。"司机"中途坐起来,能看见她转身向着他,膝盖在睡袋中弯曲着,面容安详,眼睛闭着。她的呼吸绵长而有规律。

他试图和她保持一样的频率呼吸,但是这可没能助他睡眠。他仰面直躺在床上,以这个姿势久久不动,眼睛睁得大大的,然后翻身朝着书,他一伸手就能摸到书。过了约莫一个小时,他坐在床上,静悄悄地穿上他的羊毛套衫和牛仔裤。他光脚站在冰冷的地板上,跨过已经不再燃烧的酒精盒,到驾驶室里穿上网球鞋。他出去的时候尽可能轻地关上了门。

夜里一片寂静。卡车驾驶室里的灯都熄灭了,码头候船室里空无一人。他从窗口看河,但是得把鼻子贴在玻璃上,再说也没什么好看的。他在一个售卖机前面,花了一会儿时间研究不同种类的板条巧克力、口香糖、炸薯片和糖果。他冒冒失失地朝女洗手间瞅了一眼,然后走了出去。他的网球鞋一点声音都没有。

他回到图书车的时候为了减轻开门的嘎吱声,把玻璃往下降了一点。玛丽在睡袋里动了一下但是并没有醒来。他脱了衣服以后睡下了,这次他觉得困意占了上风。

当马达的轰隆声突然把他惊醒的时候,他还以为自己刚刚睡着。玛丽也坐在她的小床铺上,她也是惊跳而醒的。还没往外看,他们就明白是渡船来了,第一批卡车正在上船。两人匆匆穿好衣服,叠起两张床,"司机"把图书车开到一排汽车中去。

渡船是一艘蓝白色的巨船,名叫卡米耶·马尔库。船首敞开着,好似展露它的五脏六腑,轮到"司机"把车开进这张大嘴里的时候,他忽有一种被吞涌进鲸鱼肚子的感觉。

二十二

侧座上的狗

等他们在南岸的马塔纳下船的时候,天边乌云密布。他们背对着魁北克,取道132号公路往加斯佩半岛方向开去,这次,他们不紧不慢地行驶着。离玛丽出发还有六天。

交通变得更加繁忙,村庄的分布也更稠密,但是河流没变:它还是那么宽阔、坚韧、壮丽。玛丽一直凝视着河流,心醉神迷。

"以后生活中没有这条河,将是巨大的空虚,"她说,"我不知道自己会不会习惯。"

"您让我想到一些事情,"他说,"我去法国的时候,住了三个地方:巴黎、图尔农和韦尔东……我告诉过您,对吧?"

"对。"

"嘿,我发现回来以后不管在什么状况下,甚至都毫不刻意地,我自己好像都在这些河边:塞纳河、罗纳河和吉伦特河。"

"吉伦特河……"她嗫嚅道,"我不太了解。蒙当①是不是有一首歌唱的就是这条河?"

"可不嘛。等一下……"

他往后视镜瞄了一眼,清了清嗓子唱了起来:

"'吉伦特河水啊……环游全世界……当你执我之手'……我忘了歌名了,"他说,"您喜欢伊夫·蒙当吗?"

"当然。"

"我也是。他离世的时候对我来说是可怕的当头一击……我从我爷爷家的唱片上听到的人生第一首歌就是他唱的,那时候我还小。那首歌名叫'游击队之歌'。您知道这首歌吧?"

"知道。"

"我记得,歌词让我心生恐惧,同时又深深吸引着我。"

---

① 伊夫·蒙当(Yves Montand,1921—1991),生于意大利的法国演员及歌手。曾演出的电影有《恐惧的代价》《大风暴》《甘泉玛农》等。

他们在猫海角停下来,去采购东西,还要去趟邮局,因为玛丽想买些邮票。尽管还不到正午,他们都饿了,立刻决定在停驻地直接做饭。之后他们去主街走了一会儿,一路看着商店橱窗。西边很远的地方,灰蒙蒙的天空背景下,他们看到一架修长的风力发电机,让人联想到帆船的桅杆。返回图书车之前,他们弯下身子在车轮之间察看,但是没有猫。

玛丽开车。她让他继续回忆往事。

"这样我感觉很好。"她说。

"您想听个鸭子的故事吗?"

"没问题。"

"我在韦尔东的时候,为了省钱,在吉伦特河南岸上露营。我跟警察处得挺好:夜里他们不管我,条件是我得把老汽车停在沙滩尽头,或是停在小海港对面。没什么比绵延到地平线的细沙海滩更美妙的了,可我更喜欢小海港,那里的渔船和帆船都乖顺地排在锚地里,桅杆林立,随着钢缆碰撞的叮叮当当声左右摇摆,还有鸭子家族。"

"什么样的鸭子?"

"头是深绿色,身子其他部分算是灰色或金色。"

"有个白颈圈?"

"我没注意。"

"很可能是绿头鸭或琵嘴鸭。它们的喙是黄色的?"

"我不知道。反正,我看它们看了几个小时。有几次,随着光线角度的变化,它们头部的绿色突然就变成了暗绿色。但是我最感兴趣的,是水上俱乐部的人在锚地一个安静的角落给它们做的漂浮的房子。它是木头做的,放在由两个白铁壶做浮子的木筏上,用一根足够长的绳子拴在岸上,这样它可以随着潮汐移动。每天都有水上俱乐部的人来到锚地边上,把绳子拽过去,把食物放在小房子门口。而且环绕港口的路上有一些牌子写着'鸭子通道',请开车人减速。"

他叙述这些回忆的时候,景色也变化了。狭窄的柏油路如今被夹在大海和越来越陡峭的山峦之间。潮水在低位,玛丽开得极慢,不想错失有时候很罕见地林立于海滩上的岩层。他们在普罗乎斯小海湾那里驶离了132号路,到通往莫多切维尔①路上的公路驿站休息,旁边有条小河。

---

① 莫多切维尔(Murdochville)是魁北克矿业小镇,属于加斯佩海滨区域。

二十二 侧座上的狗

他们选了一个离浅草坡最近的野餐位子,草坡斜往一片湖边。这是一面由河堤坝堵起来的小湖,不过湖水很静谧,绿得像块祖母绿。

"司机"躺在斜坡上,旁边是一丛挤挤挨挨的桦树,玛丽则坐在桌边写明信片。渐渐地,黑云在他们上方聚积了起来,一阵预兆着雨即将来临的风吹动了桦树叶子,也吹动了湖面。

但是雨直到他们重新上路了才来。一开始就是突如其来的闪电和几声霹雳响雷,他们那时正穿过格兰德谷①的村庄。雨势极其猛烈,以至于开着加速雨刮器,"司机"都看不清车前五十米以外的东西。所以,当他注意到右边有一条路,就开了过去,各种车灯都开着,立刻在路肩上停下。

暴风雨停得和来时一样干脆,一丝云隙透出灼目的阳光。他们把图书车后面的门大敞开,下车期待看到彩虹。没有彩虹,但是阳光把他们周边的一切都照耀得光彩夺目:淌着雨滴的树、路上的流水、跨在河上的旧木廊桥。

---

① 格兰德谷(Grande-Vallée)是魁北克加斯佩湾的一个镇。

他们往前走去看桥。突然,一辆带侧座的摩托车由噼啪的发动机爆音开道,全速开了过来,逼得他们让到路边。他们趁机看到了侧座上有一只大狗。摩托车开到图书车那边骤然减速,在前面一点点的地方停住了。

摩托车驾驶员脚踩在地上。他又高又瘦,窄肩,全身上下穿黑色皮衣裤,夹克衫上饰有星星、亮闪闪的石头和一串金属链。他的头盔下钻出几绺金发,乱蓬蓬地飘在颈上。

他卸下头盔时,一头波浪金发瀑布般泻在肩上:是个女孩,一个非常年轻的女孩。她把头盔放在摩托车座上,朝蹲在侧座的狗弯下腰,这是一只巨型圣伯纳犬。她悄声跟它说着什么,它眨眨眼就乖乖待在原位上。

她双手插在夹克衫口袋里,鞋跟在柏油路上发出响声,走向图书车。她凝视着玛丽和"司机",然后发出一种低沉得出奇的声音:

"你们有书吗?"她问。

"有。""司机"说。

"我能拿一本吗?"

"当然。"

二十二 侧座上的狗

加斯佩不在他的工作领地范围内,但他忠于自己不拒绝任何人借书的原则,把图书车的踏板降下来请女孩上去。他毫不惊讶地看到女孩待在外面,只朝书那边瞧了瞧:对有些读者来说,图书车是某种神圣的地方,得给他们点儿时间。

玛丽问:"您的狗叫什么名字?"

"它叫布达①。"女孩说。

"它不从侧座上下来吗?"

"这由它自己定。"

"我能摸摸它吗?"

女孩从头到脚把玛丽打量了一番,然后转向侧座,发出一种在两个音调间转换的奇怪哨音,狗竖起了耳朵。

"好了,"她说,"您可以去了。"

她看到一切正常,又回到图书车旁边。她看着嵌在后门背板上的青少年书,底层书架上是给幼童看的书,上层书架上是给大一点的孩子看的书。然后她把头探到里面,但是还没打定主意要不要上车。

---

① 布达(Bouddha),法语意为"佛、菩萨"。

"您想喝点东西吗?""司机"问。

"也许吧。"她说。

"咖啡?……热巧克力?……可乐?"

她摇摇头,金发在皮夹克上跳起舞来。

"可乐吧。"她决定了。

"您的狗呢,它不渴吗?"

"有可能。"

她打了一个简洁的命令式的口哨,这次圣伯纳犬笨重地从侧座上下来走近图书车。玛丽也跟着回来了。

"司机"上了车,打开一瓶可乐递给女孩。然后他给一个大汤碗里倒上水,把碗递给玛丽,玛丽把碗再放在狗面前。狗开始稀里哗啦地喝起水来。"司机"下了车,用眼神征询了玛丽以后说:

"您自己待一会儿吧,我们要去散散步,"他对女孩说,"您选起书来也更自在些。"

"没关系的,"她说,"我不确定您这儿有没有我找的书。"

"您特意寻某本书吗?"

"是的。"

"什么类型的?"

"一本解答所有问题的书。"

"司机"和玛丽不安地互看了一眼。

"哪些问题呢?"他以一种满腹狐疑的语气问。

"人为何而生,为何而死。诸如此类的问题。"

他这一生倒是读了不少书,图书车里也所藏不少,但他无论如何也想不起有哪本书能够完美地解答这个女孩的所有问题。

"我们没您找的书,"他说,"真是让人痛心疾首。"

女孩什么都没回答。她一口气喝完可乐,然后在狗的陪伴下走向摩托车。

"很抱歉。""司机"说。

她站在启动踏板上,踩了一脚,发动了摩托。她把头发拢在脖子上,又戴上和她的衣服一样漆黑的头盔,摩托车侧座里带着狗,重新上路了。

整整一天,他们都摆脱不了失败的情绪,总感觉该做的事情没做成。是夜,他们把车停在某个连名字都没注意到的村庄停车场上,玛丽侧躺在折叠床上。她蜷着依偎在他身边,很快,两人都睡着了,几乎呈互相抓牢固守状。

二十三

北方塘鹅

　　他第一个睁眼。看到玛丽的脸离自己的这么近,他惊了一惊,下意识地把头向后勾,这个动作把玛丽也弄醒了。

　　"早安!"她说,"我碍着您睡觉了吗?"

　　"才没有,"他说,"早安!"

　　他靠近前来,双唇紧闭,用自己的鼻子揉搓她的鼻头。

　　"您呢?"他问,"您睡得如何?"

　　"不太好。我做了好几个梦却都忘记了,除了一个:我梦到我有个婴儿。这个梦我过去常做,但那时梦里的宝宝是我妈妈的……这次,孩子却是我的。"

　　她微微笑着,眼唇周围的细纹都皱了起来。他向她弯过身子,把羊毛被拉上来盖到她下巴底下,细心地想护好她的双肩,因为车里边还是有点飕飕凉意。

"我也做梦了,"他支起一只胳膊肘说,"有个黑衣男人,像是什么监察员,来看书了。我帮他打开后门,但是图书车里什么都没有了,书架全空荡荡的。"

他又躺平,观察着他们头顶的天窗里斜刺进来的光线。

"有太阳,"他说,"咱们很有可能足够早到达佩尔赛①去看北方塘鹅。"

"在魁北克鸟岛②?"

"是啊。"

"今天星期六?"

"是的,您想着飞机的事?"

"不是。我想着北岸的朋友们。他们不是明天晚上就回到圣皮埃尔港吗?"

---

① 佩尔赛(Percé)是加斯佩半岛顶端的城镇,以鸟岛和当地的建筑遗产著称,景色秀丽。
② 鸟岛是魁北克省东部圣劳伦斯湾处的海岛,在魁北克东部加斯佩半岛以南3.5公里处,是北方塘鹅的主要栖息地。

"是的,"他说,"您要给他们打电话吧?"

"是啊,但是他们晚上回来得很迟,船务公司办公室可能关门了……"

"有可能。但是我有'土豆之王'的电话号码。每次船靠岸他都在的……您别担心。"

"谢谢。现在几点了?"

"八点了。咱们还有时间赖一会儿。"

"真幸运啊。"

她打了个哈欠,伸伸懒腰。他看着她甜美而瘦削的脸,然后问道:

"我能抱着您吗?"

她以笑作答,于是他把一只胳膊伸在她头下,另一只胳膊环着她的身子,轻轻把她箍向自己,并在她T恤衫下抚摸着她的背。接着他开始轻吻她的脸,像在品尝什么东西,他在她脸上流连许久。她任他为之,神情羞怯又明显很惬意;这从她半闭的双眼里透出的光可以看出来。

忽然他们听到猫叫声,就在很近旁。他们静静地不动,双膝纠缠在一起紧紧相拥。猫还在叫,他们一动未动。叫第三次时,"司机"说:

"好了,它想喝奶……我去吧。"

"不,我去。"她说。

他们同时坐起穿衣。不管怎么样,总得把床折起来靠墙才能进到厨房和冰箱那里去。一切收拾好了,他们打开后门,踮着脚尖出来了。

一只大公猫蹲在车底。它一只耳朵撕裂了,嘴边还有一道刀伤。

"你被打了?你过得很苦吧?""司机"问。他伸着手想靠近,但是猫开始低吼,毛都竖了起来,耳朵耷拉着。"我明白,"他说,"你渴了,但是不喜欢过分亲密。"

玛丽去弄了一碗奶。她把碗放在离猫两米远的地方,然后他们走开了,好让猫安然喝奶。他们在停车场入口处一根电话杆上钉着的广告中才看到,他们现在位于埃舒利镇。

公猫喝了第二碗奶后,揩了揩胡须,摇肩晃脑地走了。于是早餐他们安静地吃了些燕麦、烤面包片,喝了咖啡,然后玛丽开车。海岸现在非常陡峭。图书车在陡坡上爬行,在岬角中穿行,被它的自重拖着在山丘上往下狂奔。幸运的是,玛丽会在弯道减挡,然后又加速使图书车直向前进。

有些村庄通常在港湾深处某个河口蜷成一团,出其不意地出现在眼前,每当快到这些村口的时候她都会减慢速度。

下起毛毛细雨的时候他们刚到达加斯佩半岛的岬角,即蔷薇角——这里是魁北克海岸最靠近法国的地方。因为天气不好,他们就不停地开,午前就到了佩尔赛。这次他们为了能好好休息,把车停在了露营地。现在又是好天气。他们把车停在山丘旁侧分配给他们的地方,步行进了城,买了些三明治和矿泉水,在接待中心旁边的码头上,他们登上了第一艘开往魁北克鸟岛的小船。

在去岛上的半路上,他们远远地看到一头鲸鱼:它个头很小,要不是一个比他们见识多的游客指出这是一头鳁鲸,差点儿被当成海豚之类的东西了。小艇靠岛的时候,他们让其他旅客先走,然后他们在别人建议的三四条小路中挑了一条最近的。阴影和阳光完美地交织着,玛丽兴高采烈地把所有她认得的花的名字都说了一遍。小路并不难走,但是因为一直在爬坡,二十几分钟以后他们便停下来,坐在长凳上喘口气,吃三明治。

再远些,坡度渐缓,他们终于走到了一大群塘鹅面前。在悬崖边和木篱笆之间,成千上万只白头黄冠的鸟儿聚集在一起,游移不定,叽叽喳喳叫着。它们的喙指向上方飞回来的同类,它们从深蓝的大海归来,曾潜进那里去捕鱼。

噪声鼎沸,臭气熏天。"司机"和玛丽决定不再久留,他们勉强打起精神,手拉手重新上路了。

"您失望吗?"他问。

"一点也不,"她说,"我觉得印象深刻,而且看到了各种各样有趣的东西。"

"有什么呢,比方说?"

"角鸬鹚……海雀和海鸠……我还听到了海鸭的嘶鸣声,不过没看见它。"

"我呢,只看到一大堆叫个不停的鸟。"他羞愧地说。

她紧紧握住他的手。

"得耐心点。"她说。

当他们来到道路最下方时,码头那里一艘船也没有。为了消磨时间,她指给他看海滩上来来去去像旋转木马一样盘旋的海鸥们:它们喙里衔着海胆,再把它们摔到岩石上,摔碎海胆的外壳。

等了十五分钟以后,一艘小艇来接他们回去,他们在佩尔赛把露营的东西整理好。那天晚上,他们破例在餐馆吃了晚饭,散了很久的步,随时停步在小店里。玛丽给自己买了一件蓝色带帽毛线衣。他们对于能一起做些小事情表现出无限的欣喜。

车里的空气又清冷又潮湿,于是他们又点燃酒精,弄了热巧克力。又一次地,他们面对面席地而坐,背靠书架,喝着热巧克力。整个夜晚他们都在倾诉回忆。"司机"讲述了他父亲如何从一开始单凭头脑设想,没有进行任何图纸设计,就把送奶车改装成图书车的……他第一次把车停在码头时,有多么担心没人来……他是怎么想到建立读者网络这样的主意的……他又是如何随着时间推移,弃用借书证和其他繁文缛节的……

为了能找到一些共同点,他们聊起了生活中最喜爱的书,然后就睡觉了。他们铺开两张床,但是玛丽躺的也是"司机"的床。尽管这并不是一张双人床,但是也不过分狭窄。他们一钻进被子里面就开始互相帮着脱衣服。

"您冷吗?"他问。

"有点儿。"她哑着嗓子说。

"我来给您暖暖。"

他直趴在她身上,竭力盖住她全身,包括腿部;他们身材差不多高。她的头稍微偏了一点,他的脸颊偎上她的脸。

忽然,他低声笑了起来。

"我想到一个故事。"他说。

"什么故事呀?"

"就是经常在电影里见到的一幕,每次看到那些事儿怎么发生都会把我逗笑……一男一女在热恋中,他们迫不及待扑向对方,紧紧抱作一团,彼此扯掉衣物,然后跌到床上,他们撕咬抓挠,气喘吁吁,就像一场战斗……"

"我可不想和您打斗。"她说。

"我也不想。"他说着,滑到她身侧去。

"但是在您怀里我特别舒服。"

"真的吗?"

"当然。"

"我怕惹您不高兴,而且我希望能有某种……"

"我很喜欢您。"

她笑着说。在燃烧的酒精摇曳的光照下,他能看到她眼角的细纹。他继续说:

"我希望能有某种平等……"

突然火光熄灭了。

"我去弄。"他说。他掀开一半被子,起来在黑暗中摸索着,终于找到了酒精瓶和火柴盒。他觉着白铁盒冷却到一定程度了,就重新添上酒精,擦燃一根火柴。酒精在一声闷响中燃了起来。重新亮起的火光照亮了他的裸体,他回到床上,玛丽埋在被子下面,说道:

"您很美。"

"不会的,"他说,"我老了,各处皮肤也有点起皱纹了。"

"您跟我一样的。"

"咱们是一样的……真奇怪,咱们竟然都走了那么长的路才相遇。"

他打起哆嗦。她揭开被子,他躺在她身旁。

"我们还剩一截路呢。"她说。

"是啊,"他说,"您愿意我们试着做那件事吗?"

"我很想。"

"谢谢您这么说了。"

"您在发抖……"

"没什么,我有点儿畏寒。"

这次,她覆上他的全身。她给他捂着的时候,他慢慢抚摸着她的背和髋部,然后停下,双手交叉在她背后,他们就这样一动不动地待着。

"我不会太压着您了吧?"她问。

"不会。您不重。"

"五十二公斤。"

"啊……我比您重两公斤。"

"我觉得自己太瘦了。我觉得我这一辈子都没有吸引到一个人。我应该再圆润一点儿。"

"女人不是为了吸引人而生的。"

"那她们为什么而生呢?"

"为了我们现在这样的事情而生:试图把世界变得更好过一些……不,您就这样就好。我觉得您完美。您完全适合我。而且,我特别爱的还有您身上这一小部分,就在这儿……"

他温柔地把她扳向一侧,双唇埋进她脖子和肩膀之间的颈窝里。她发出一种低沉的呻吟声。他动作极慢地吻着她,抚摸着她的颈和胸。她则报以同样的抚摸,一点点地,彼此体贴入微,他们在四周所有爱情小说的保护下,以最美妙的快感一起滑入情欲的坡道。

二十四

米瓜莎①的化石

第二天是个星期天。这天玛丽可以联络到乘诺迪克运通船回到圣皮埃尔港的朋友们。

他们在床上缠绵着未起,一半是为了延长一起享受同等热情的愉悦,一半是因为他们实在疲倦。但是,前半晌末的时候,对迟回魁北克的恐惧又一次让他们揪起心来。他们快速起床,随便吃了几口,然后"司机"胡子都没刮就开始开车。但是开了一些里程以后,玛丽拿着地图计算从他们现在之处到目的地的距离。事实上,他们没有迟到,

---

① 米瓜莎(Miguasha)是魁北克东部加斯佩半岛上的城镇。

二十四 米瓜莎的化石

他们甚至还提前了一些时间,可以奢侈地在阿博菲斯湾①停留片刻,玛丽想在那里找些玛瑙。

到这个村庄的时候,他们把车停在海边。一个闲逛的人告诉他们说,如果不经内行人多次打磨的话,玛瑙看起来和沙滩上满布的彩色砂石一个样。半个小时以后,他们找到了许多颜色鲜艳的石头,但是也不敢说这就是真正的玛瑙。他们有点困惑,把石头连同公路地图、说明书、手电筒、读者网络的册子和开了封的 LU 牌饼干盒一起放在手套盒里,然后重新上路。

快到晚上六点钟时,他们在米瓜莎镇的沙勒尔湾停了下来。他们都疲累不堪,"司机"还背疼。米瓜莎镇这个地方最有名的是三亿五千万年前的古鱼化石。展厅的大楼关闭了,不过巧的是外面有架公共电话。

天热得又跟盛夏一样,他们穿过一片草地,把图书车停在悬崖边的大树底下。他们带着途经卡尔顿时买的鸡肉三明治和红酒,沿着一段很长的木梯走到沙滩上。他们碰到一些正在观察岩石断片的游客,还有另一些正攀在悬

---

① 阿博菲斯湾(L'Anse-à-Beaufils)是魁北克东部村庄。

崖上想寻些化石的人：有可能就是在这个地方，著名的新翼鱼①被发现了，它被认为是两栖动物的鼻祖。

虽然很疲倦，他们还是走到了最前面的河湾，好避开这些游人。他们坐在沙地上。鸡肉三明治味同嚼蜡，但酒却是醇香悠远：这是一瓶罗纳河谷山坡地葡萄酒，专门为了取悦玛丽而选的。他们喝完了一整瓶……后来，"司机"感到有一只手搭在他肩上。他惊一下子惊醒了。

"怎么了？"他问道，发现天都黑了，不禁忧心忡忡。

"没什么，"玛丽说，"差不多到打电话的时间了。"

"是吗？"

"十点一刻了。"

"那得赶紧了。"

借着近乎满月的月光，他们把纸、剩下的三明治和空瓶子收起来，回到木梯那里，跑着上去了。他们在车那里停下来，取了个手电筒和攒着用来打电话的零钱，然后到了公共电话亭。

---

① 新翼鱼也称真掌鳍鱼，上泥盆纪的一种四足类鱼，是两栖动物及所有陆生脊椎动物的祖先类型，其展示了肉质有骨骼的鱼鳍是怎样变成四肢的。

"司机"等着时间到了十点半整,假设渡船到岸和时刻表差不多,他拨了船务公司电话。办公室里有个男声告诉他说诺迪克运通船已经停靠码头有一会儿了。他要求跟斯利姆通话,描述说他是一个人人都认得的杂技演员。男人让他耐心等一会儿。一两分钟以后,斯利姆前来通电话了。"司机"把电话交给玛丽,走开了几步。

从玛丽颤抖的声音中,他明白发生了一些不平常的事情。她问了各种问题,她想知道什么时候、为什么。过了很久她才冷静下来。她给了各种各样的建议以后,才挂了电话。

他们在纳塔什昆发生了意外。乐队在前来庆祝船到达的人群面前表演了一场,斯利姆把钢丝绳系在了码头上。他认为观众对他的节目反响没什么热情,于是把绳子系在了比平常更高的地方。他摔了下来,摔断了手腕。

他们默然穿过月光照耀下的草地,回到了汽车里。"司机"打开照明灯。

"睡前您想喝点热巧克力吗?"他低声问,以免打乱她的思绪。

"不了,谢谢。"她说。

"这对您有好处……不管怎样,我给您做一杯。"

"好的。"

他烧了水,准备了两杯巧克力。水槽上面,那张莎士比亚书店的老照片没有了平时的光芒。

玛丽一言不发地喝着。她目光空洞,面容有点僵硬,很显然她焦虑不堪。出于尊重,"司机"避免提任何问题。她喝完一杯以后,他拉着她的手,弯下身子,吻了她的前额。

他徒然等着她说点什么,可她没有,于是他铺好床,熄灭照明灯,脱了衣服。因为夜色明亮,他把天窗半开着。玛丽一动不动地待着,心不在焉,于是他帮她脱了衣服。他牵着她的手,把她带到床边,让她躺在自己身侧,盖好被子。

她贴近他,小声说着什么,他没听真切。

"您说什么?"他问。

"是我的错,"她说,"我不应该把他们独自撂下的。斯利姆跟孩子一样,他需要做明星。他想让人们印象深刻,有时候他就有点过了。应该有人提醒他。"

"美乐蒂在那里的。"他温柔地说。

"确实。她很好,美乐蒂。她什么都会做,而且,她有趣又动人。我很喜欢她。"

"可能这只是个意外……有些事情是偶然发生的,没人能阻止。"

"您说得对。我脑子里不对劲儿:我一直以来都是老母鸡,我觉得自责。"

她笑着把头靠在"司机"肩上。她久久不动地这样待着。她的呼吸声变得很均匀,他以为她要睡着了。突然,她问:

"您呢,您的脑子里,想着什么事啊?"

"有两件事,"他说,"第一件就是,今晚,我觉得苍老而疲惫;我觉得自己真的像块老化石。"

"我也是,"她说,"第二件呢?"

"第二件,"他犹豫着说,"就是我以前说过的那个……黄金年龄什么的……好了,现在,我已经分不清什么是真的什么是假的了。我有点迷茫。我也不太想说这些东西,我觉得我只想睡觉。"

"那就试着睡觉吧。也许明天事情就明晰了。"

他同意了,但是屈服于睡意之前,他问:

"明天晚上,咱们可能就到魁北克了……离您飞机出发还有两天,是这样吧?"

"是的,"她说,"但我不太确定自己想不想走。"

"不想走?"

"不想。我也有点迷茫。"

一线月光从天窗照进来,他能看到她在悲伤地微笑着。

"我们俩都累了,"他说,"得睡了。"

"是啊,"她说,"您愿不愿意我把床铺在旁边,这样您更自在些?"

"不。跟我待在一起,求您了。"

"好。"

"睡着之前,您能到我怀里待一会儿吗?"他问。然后他摇头又说:"我总是说'到我怀里'……实际上,我在您怀里也就是您在我怀里啊!"

"重点是,我们都感觉很好。"她说。

她抬起头,他把左胳膊伸到她脖子下,然后另一只手绕在她身上:他们都形成习惯了。他们这样搂着,亲吻和轮流抚摸了一阵子,但是很快疲倦占了上风,他们沉沉睡去。

半夜里,他忽然醒来,发现她背朝着他。他又睡过去,当第二天一早醒来的时候,她已经又翻身面朝他,安然睡得正酣。

二十五

奥尔良岛的桥

穿过马塔佩迪亚河谷①以后,那里更加隐秘的景色与他们的情感非常一致,他们在蒙若利②感受到了河流的壮丽。他们又开了一会儿,然后在比克公园停下来吃饭休息。

四个小时的路程以后,他们到达魁北克市。"司机"在大楼后面的达弗林平台街的土路上整理图书车。他们拿着大件行李爬到六楼。公寓,仅仅三居室的公寓,对他们

---

① 马塔佩迪亚河谷位于加拿大魁北克省东部加斯佩半岛,长度约100公里。
② 蒙若利(Mont-Joli)是魁北克米蒂斯自治市下属的市镇,以"二战"时期第二重要的机场而闻名。

而言显得宽敞而奢侈。

他们很少交谈,都沉浸在既隔开又拉近他们的忧愁之中。玛丽冲澡的时候,他做了点家务,顺便听了听电话答录机上的留言……他妹妹朱莉即将开始新一学年的教学,她的小家庭都很好,岛上的桥还是那么美……杰克醉心埋头于新小说写作之中,并提前告知他的朋友,他将像个野人那样过活,他妻子很好……文化部那里呢,已经收到了夏季巡回期间借出去的一些书了。

冰箱里,他只找到半个柠檬、一罐酸奶,以及碟子里一大块沾了斑斑点点草莓酱的黄油。他决定去食杂店转一圈,于是在桌上留了言。

他回来的时候,玛丽穿着白T恤,光着脚,正用一条毛巾擦头发。她从他手上接过一大袋食物,主动提出在他洗澡的时候她去做午饭摆餐桌。

洗完澡以后,他穿上口袋底部总装着克里内克斯餐巾纸的平纹结子花呢浴衣,两人面对面在桌边坐下。她做了真正的咖啡,还有火腿、肝酱、番茄、沙拉以及充当甜点的巧克力长条泡芙。桌子对两个人来说不够大,所以他们的光脚触在一起;玛丽的脚有点凉,他用脚把她的脚夹在中间揉搓,把她的脚搓热。

然后趁天还亮着,他们出去了。已经是夏末最后的炎热了,所以散步的人很多,他们的影子在平台地面上无限延伸着。

他们去了弗龙特纳克城堡,停在几米开外缆索铁路①的正对面,靠在护栏上。这里恰是他们第一次相见的地点。在宽阔的港湾中间,奥尔良岛的岬角突出向前,它的桥优雅而脆弱,水面上紧贴着一层薄雾。

"司机"靠近玛丽,触到她的肘弯。

"我有些特别的事情要跟您讲。"他低语。

"我知道,"她说,"我发现咱们停在这个地方就猜到了。"

"实际上,更应该说我想向您提一个问题。"

"一个问题?"她说。

她的嗓子一向嘶哑,勉强能听见。他觉得她的手肘在战栗,他看着她时,发现她的双手在护栏上颤抖。

---

① 缆索铁路亦称作地面缆车,是结合索道与登山铁路技术的运输工具;用缆索纡住类似有轨电车的车厢,在陡峭的路轨上拖拉行走。缆车的动力设备放在车站内,车上的机器很简单,因此适合攀爬非常斜的山坡。

"请您放心,"他立刻说,"我决定要进行秋季巡回,我只想问问您……您愿不愿意和我一起巡回?"

她没有马上回答。河湾上浮动的轻雾一下子漫延到她的目光里。她用手背擦了擦眼睛,问道:

"无论好坏,同甘共苦?"

"是这样。"他微微笑着说。

"我的答复是同意。"她说。

他更靠近她一些,向她的腰身靠拢,一只胳膊搂着她的肩膀。他们紧紧地拥抱着,一言不发地久久欣赏着大河。然后他说:

"这是我在这世上最喜欢的景色。"

她示意她懂,然后说:

"我一样,也开始钟爱它了。"

"每次我再看到这景色,"他说,"我脑海里总浮现起一个句子……"

"什么句子?"她静静地问道。

"一个不值什么的小句子。是这样说的:'我的心中感知着河湾的轮廓。'我不记得是在哪里读到这句话的。"

"我很喜欢这个句子。"她说。

她低声重复了一遍这个句子,倾听着词句在自己身上激起的回音。他们抵着护栏的时候,太阳在他们的背后落下,他们被包裹在迪亚芒角的巨大阴影之中。所有的阳光都躲到河上,但在消退之前,阳光又流连不去,爱抚着桥身精巧的结构。